La moitié de la vie

André Desbazes

La moitié de la vie

Flammarion

ISBN : 978-2-0815-0831-6

À J. L. B.

« Nous avons reçu en partage, nous autres Grecs, toute chose en une moyenne mesure.

Sur tout, notre sagesse, son caractère même, c'est cette médiété.

L'homme qui vit encore, son bonheur est aussi incertain, aussi peu en son pouvoir, que pour l'athlète qui combat, la proclamation du héraut, ou la couronne. »

Solon

1

Au bout d'un moment, dans le bilan c'est les gens qui ont compté qu'on regarde, ils viennent à la barre dans leurs habits de souvenir et ils nous regardent et ils répondent quand on leur pose des questions, quand on parle tout seul aussi ils se joignent à la conversation. On commence doucement, tout seul, et un à un ils viennent, ils s'approchent en hésitant mais on leur a manqué aussi, et cela leur fait aussi plaisir un instant de sortir de l'oubli et de retrouver avec nous un peu de la lumière. Certains sont morts déjà, mais ce ne sont pas les plus tristes, c'est nous les plus tristes, mais c'est les plus étranges, ils sont empruntés peut-être un peu plus que les autres. Les vivants sont souvent plus affligés, ils savent eux que cela aurait pu tourner différemment parce qu'ils n'ont pas encore rencontré le grand mur de la mort pour y disparaître, ils savent qu'ils peuvent aussi de leur côté faire le même examen, la même méditation et qu'ils ont eux aussi encore la moitié de la vie qui leur permet de le faire.

Aujourd'hui c'est Ariane qui est venue. Elle avait de longs cheveux noirs qui avaient quand je l'ai vue pour la dernière fois commencé à accueillir des fils blancs, je n'avais pas voulu lui faire remarquer mais c'était le moment pour elle où sa beauté était déjà en trophée placée hors de sa mémoire, là où on regarde les choses pour en être encore un peu fier, ces choses dont on n'est plus vraiment capable.

Je l'avais connue au moment où elle exerçait sa séduction sur tous, hommes et femmes qui l'approchaient, par son détachement, par ses yeux pâles qui donnaient à tout son visage un sourire distant, un terrain vague qu'il fallait traverser pour avoir une chance de l'atteindre, par l'étrangeté de ses goûts (et dans certains domaines, comme le cinéma ou la peinture, une peinture d'avant-garde qui me laissait totalement indifférent) ; des goûts qu'elle ne se souciait pas de soumettre au jugement du plus grand nombre. Elle avait fait d'assez longues études, ces études littéraires qui ne conduisent guère qu'à l'enseignement des matières qu'on vous a enseignées (même s'il s'agit de tout au fond sauf de matières au sens académique du terme), mais dans son cas elle n'en ressentait aucune frustration, je ne suis pas sûr que la question de sa carrière l'ait vraiment intéressée. Elle travaillait au Louvre quand j'entendis parler d'elle pour la dernière fois, ce moment où ses cheveux avaient commencé à perdre de leur noirceur, par un article au sujet étrange, plein de symboles, sur lequel j'étais tombé par hasard, bien avant que je ne quitte l'Europe.

♦

Et même ceux qu'on a éconduits ou blessés, les êtres qu'on a fait souffrir et ceux qui nous ont quittés, ceux qui ont toutes les raisons de nous en vouloir ou simplement de nous ignorer, ils viennent à la barre eux aussi. Eux aussi, ils s'approchent hésitants de la lumière et nous regardent, ils se demandent par où ils peuvent commencer, ils vont commencer, mais ils se demandent à quoi ça va servir puisque c'est trop tard, et s'ils sont là c'est bien sûr que c'est trop tard. Mais ils viennent quand même, en un sens eux non plus n'ont pas le choix, dans cette moitié-là de la vie plus personne n'a le choix, les vivants, et pour les vivants qui restent et les portent dans leur mémoire, les morts, les disparus comme les autres.

♦

Et si je savais, je crois que j'écrirais un livre, parce qu'écrire, cela permet de fixer les choses, je crois, et surtout de les comprendre ; ou au moins de croire qu'on les comprend, d'essayer… Maintenant, c'est ce que j'aurais de mieux à faire, c'est ce que je devrais faire du temps qui demeure si je savais, un livre. Du peu de temps qui demeure tout en continuant, à côté, à vivre, en continuant sur la lancée parce que ça de toute façon on n'a pas le choix, on avance bien vers l'autre côté de la vie, mais à côté de ça on peut essayer de comprendre ce qui s'est passé ? De comprendre comment je suis arrivé là.

♦

Parce que quand on a atteint la moitié de la vie (plus exactement que la moitié de la vie, quand on a atteint l'âge où on ne peut plus nier qu'on a atteint – ou dépassé – la moitié de la vie), le reste c'est plus qu'une suite, c'est la suite et c'est comme pour une pente quand on est lancé, et on ne peut plus tracer sa route, on ne peut plus croire qu'on peut ou va tracer sa route, on ne peut plus que suivre ce qu'on a déjà tracé. C'est trop tard pour le reste. C'est trop tard pour tout. Il faut juste finir ce qu'on a commencé.

♦

C'est à cette époque que j'ai commencé à faire du sport, quand ça ne servait plus à rien. Et pour bien le sentir j'ai choisi la boxe.

♦

Avant les livres ça servait à raconter des histoires, et puis à voyager, des romans, *La Chartreuse de*

Parme, *Les Trois Mousquetaires*, *Michel Strogoff*... Maintenant il y a le cinéma, la télévision surtout, et puis les vrais voyages, tout le monde voyage aujourd'hui. Et puis il y a Internet de toute façon. C'est plus facile d'aller sur YouTube, c'est tellement facile YouTube, on peut laisser filer sa vie et on ne s'en rend même pas compte, et on va partout, et on va d'histoire en histoire aussi. Comme avant pour les romans.

Au gré de son envie, du hasard des classements (quoique, peut-être, c'est un algorithme qui classe l'histoire et les voyages pour les âmes de ceux qui regardent) ; et c'est déjà classé pour vous, on n'est jamais assez méfiant, on laisse des traces de soi partout, ses goûts, et les algorithmes vous reconstituent pendant ce temps, et ils vous proposent de poursuivre votre image comme un miroir sans fin, une mémoire fixe qui se répète sans le savoir, une âme en prison qui ne peut plus bouger, changer.

Quand j'ai cessé de lire des romans il y avait justement un peu de cela, des gens qui voulaient raconter des histoires, mais c'était déjà perdu, parce que c'était déjà des scénarios en fait, ou alors il fallait vraiment se casser la tête pour trouver *la* bonne histoire, alors des faits divers, des choses célèbres (ça c'était vendeur, puisque ça rappelait quelque chose déjà), méconnues (et là c'était le scoop, on rajoutait quelque chose à la mémoire collective, c'était un supplément donc, et dans le commerce on accepte toujours les suppléments, mais la mémoire de surface disons), ou alors des variations sur des grands drames de l'histoire, des horreurs, et là aussi des célèbres dont on éclairait un petit bout, un petit pan, un acteur pas assez connu, ou des tragédies pas assez connues, et là l'écrivain était comme un journaliste qui secouait l'oubli et rendait le lecteur à son devoir de se souvenir, s'indigner, ça valait la peine d'acheter le livre. Scénariste ou journaliste alors, l'écrivain était devenu comme ça.

Ou alors, on entendait beaucoup parler d'un autre genre de livres, des romans qui décrivaient leur époque, les tendances, les désenchantements de l'homme occidental, parfois avec de la science-fiction, ça c'est pour l'avenir qui nous attend. Et là aussi en réalité c'était une histoire finalement, un peu comme avant, avant tout le reste, une histoire qu'on veut bien lire puisqu'on croit que c'est déjà la nôtre ; et on croit que c'est la nôtre, mais au fond tout ça c'est des reflets, et quel est l'intérêt d'un reflet ? Et ça ça marchait très bien du point de vue du commerce, et puis c'était toujours sous-écrit alors en plus c'était facile à lire.

♦

Alors, je me suis dit qu'il n'y avait rien à faire, rien de particulier en fait. Le monde tombe sur vous et la nuit avec, et puis on se relève parce qu'il n'y a rien d'autre à faire en réalité, on prend toute la souffrance la tristesse qui nous est donnée, toute la méchanceté qu'on trouve jetée sur nous, tout ce qu'on voit de moche et qu'on voudrait tant aider, effacer, on prend tout ça et on l'accepte, et on attend.

Et il n'y a rien d'autre à faire, on se tient au milieu de la nuit, au centre de la lumière à la table, ou dans le noir de la chambre, le soir c'est plus confortable, et on regarde et on attend. Dans l'autre moitié, l'autre côté de la vie la lumière et la joie sont restées vibrer, pleines d'espoir comme un fruit qu'on n'a pas encore évidé, ils sont des souvenirs maintenant, on les retrouve dans le noir familier de la mémoire et ils nous reviennent, ce sont des amis, ils ne veulent pas nous faire de mal et pourtant rien que de les voir rouvre nos plaies.

Il faudrait avoir une raison pour comprendre pourquoi tout cela s'est éteint, pourquoi ces amours ont disparu et avec eux les gens qui les portaient, les gens qui respiraient par eux, ceux qui étaient mus par eux, leurs corps et leurs rêves, et leur espoir acharné de goûter au bonheur. Ils sont repartis un jour, ils ne s'en sont pas forcément rendu compte, un jour ils sont partis dans la nuit et leur amour est mort derrière eux, pendant qu'ils continuaient à vivre ou à parler, ou à rêver encore peut-être du bonheur, à se heurter à d'autres corps et d'autres rêves, à d'autres rêveurs, à d'autres hommes qui eux aussi s'apprêtaient à partir de leur côté de la nuit.

Ce qui nous reste c'est la mémoire, qui nous revient quand on pense à tout cela qu'on redevient comme un enfant, l'enfant qui a tout découvert et pour qui tout a eu une importance, car tout fut important. L'enfant aussi, on le retrouve, encore plus loin, plus perdu que le reste, il comprend encore moins comment on en est arrivé là, à partir de ce monde si beau qui lui avait été donné.

2

Cela fait longtemps que je ne dors plus, je veux dire, plus vraiment, c'est devenu une succession de réveils la nuit, comme si le sommeil lui aussi était devenu un souvenir de mon autre vie, la vie d'avant, la première partie de la vie. Parce que maintenant je vis ma deuxième vie, et c'est la moins bonne des deux je l'ai compris maintenant (et le fait de le comprendre, cela fait aussi partie de la deuxième partie, et c'est pour beaucoup dans le fait que c'est la moins bonne) et on n'a que deux vies en fait.

Alors je ne dors plus donc, Bella, ça l'énervait au plus haut point, elle disait que ça la dérangeait, mais c'était uniquement à cause de la différence d'âge, aujourd'hui elle a perdu le sommeil comme moi, simplement elle n'est plus là pour me le dire, elle n'a probablement plus personne à qui le dire d'ailleurs, même s'il se trouve qu'un type dort à ses côtés, parce que pour se dire ce genre de chose il faut avoir une âme, avoir réussi à la garder envers et contre tout.

Quand ça la rendait folle ce truc du sommeil, elle voulait que je fasse des examens, des procédés médicaux, tester le souffle, tester le cœur, le rythme du cœur, tester la respiration, tester l'apnée, l'activité du cerveau, et ensuite l'âme directement, voir des psys pour savoir « Pourquoi vous ne dormez pas ? Qu'est-ce qui vous empêche de dormir ? ». Et tout ça bien sûr c'est sans réponse, il suffit d'être de l'autre côté de la vie pour le savoir, pour savoir qu'il n'y a pas de réponse et que c'est ce qui nous attend tous, et ceux qui posent la question sans savoir et ceux qui la posent tout en se doutant bien de la réponse mais sans pouvoir la formuler (et eux sont parmi les premiers à avoir cessé de dormir) ; mais ça demande du courage et puis ça tuerait le business, c'est pas bon pour la médecine, pour la confiance, et tout ça. Alors simplement j'ai cessé d'avoir des nuits de sommeil et Bella ça la rendait folle, et les résultats ne révélaient aucun problème médical.

Elle a même pensé à un moment je crois que ça l'a traversée, que c'était un truc pour coucher davantage avec elle, c'est vrai que j'avais toujours envie de faire l'amour avec elle, mais le truc du sommeil c'était sans rapport, je le jure. Et pour le sexe elle était bien contente parce que pour elle c'était bien commode, elle avait un amant qui était toujours prêt, elle n'avait qu'à se servir quand ça la prenait, c'était plus simple. Je crois que son mec d'avant avait parfois du mal, rien de terrible mais parfois elle était déçue d'attendre, partie remise, mais elle ne lui en voulait pas et ce n'était pas pour cela qu'elle l'avait quitté (d'ailleurs c'est lui qui l'avait quittée). Et pour son mec d'après je ne sais pas, je pense plutôt qu'il la trompe parce que je suis tombé sur lui un soir dans un club à whisky, et il n'y avait pas de doute sur la femme qui l'accompagnait, mais ça ne veut rien dire au fond sur la valeur de la vie sexuelle de Bella, et sur la continuité de son sommeil, à elle, non plus.

Et si on me demande ce qui se passe quand le sommeil disparaît (je parle toujours du sommeil comme une donnée continue, parce que c'est censé être ça, une autre partie de la vie, la vie où on veille et où on pense, où on est maître de ce qui nous arrive, mais ce n'est pas ça la moitié de la vie ; le sommeil, c'est juste sa partie d'énigme), je dirais que c'est le moment où on comprend mieux ce qui nous est arrivé jusqu'ici, c'est logique. D'abord, on a plus de temps, c'est mathématique, et quoi qu'on fasse pour l'occuper encore un peu ce temps, il nous revient toujours comme le boxeur qu'on cherche à repousser et qui a toujours l'air mieux entraîné, mieux affûté, il revient toujours sur nous, toujours l'air de s'essouffler moins vite que nous, et on finit toujours dans les cordes avant lui, alors que lui avance toujours, et on boxe déjà sur les talons.

Et puis c'est l'énigme qui commence à s'écouler, à s'infiltrer dans notre vie à nous rejoindre, on l'absorbe par les yeux, les oreilles, les narines dans le noir comme dans ces mythes égyptiens, on l'assimile et la digère et elle devient vraiment une partie de nous, cette partie de notre énigme qu'on réintègre, qui revient à nous et on redevient complet, il n'y a plus de distance, on redevient nous-même comme au royaume des morts nos actions et nos âmes sont réunies. On a tout le temps d'interroger l'oracle, ces images, ces moments de notre passé, nos sentiments, tout ce qui s'est évanoui et pour revenir se réfugier en nous, on interroge tout ça comme un Platon interrogeant ses mythes.

Et pour revenir à des détails plus pratiques quand le sommeil disparaît la personne qui dort à vos côtés en a marre. Pour Bella, en dehors des épisodes de sexe ça la rendait folle cette vie nocturne de l'âme alors petit à petit elle m'a demandé d'aller dormir ailleurs, une nuit dans l'autre chambre, une nuit dans le salon, et puis à la naissance de la petite et jusqu'à ce qu'elle disparaisse il ne restait plus que le salon, et de toute façon je ne la réveillais plus comme ça quand j'allais m'occuper d'Hélène quand elle aussi se réveillait en pleurant.

♦

J'ai rencontré Bella quand elle avait vingt-trois ans. J'avais sept ans de plus. Elle en avait trente-sept quand nous nous sommes séparés. Autant dire que c'est elle qui a le plus compté pour moi, pour de simples raisons de chronologie. C'est elle qui a occupé la tranche la plus importante de ma vie, et elle m'a quitté quand j'étais dans ma quarantaine, au centre de ma vie.

♦

Et on dit la moitié, mais en réalité il n'y a pas de moitié, il n'y a jamais de moitié, parce que pour connaître la moitié de la vie il faudrait qu'elle soit complète, et quand elle est complète ce n'est plus la vie. Parce que quand la vie est complète comme dit Solon elle est terminée. Et ce n'est qu'une fois mort qu'on peut dire que quelqu'un est heureux, mais qui est heureux une fois mort ? Alors la moitié de la vie c'est juste une manière de parler, c'est une approximation, comme tout le langage.

3

Quand la Mirific m'a proposé d'aller en Chine je les ai regardés comme si une paire de pandas s'était mise à me parler, comme ça, entrés dans mon bureau chacun sur leurs deux petites pattes courtes, noires et blanches comme des socquettes, sans s'asseoir, avec une proposition saugrenue, mais qu'ils avaient pris le soin de me présenter dans le langage des hommes, et en français en plus.

Pour la Mirific je comprends, ça fait sens, c'est toujours l'espoir du pactole avec cet immense pays, le marché d'un milliard six cents millions d'habitants (comme si c'étaient tous des consommateurs, mais bon on n'en est plus là) et en plus, comme personne ne sait vraiment comment fonctionne ce marché, il y a encore un marché pour faire comprendre comment accéder au marché, et ça fait un deuxième pactole avec rien que des études de risque pays et du *business development* et de l'analyse de marché et tout ce que la Mirific sait vendre depuis qu'elle a été créée et que le marché existe.

Alors j'ai regardé les deux pandas et je voyais bien l'intérêt pour eux, mais pour moi ça faisait pas énormément de différence franchement, que je fasse du *risk management* ici ou ailleurs c'est le même bidon, et c'est pas ça qui me fera mieux dormir, mais de toute façon maintenant c'est la pente et la deuxième partie de la vie et il faut bien finir ce qu'on a commencé. J'aurais pu trouver des arguties pour dire que je n'avais rien commencé en Chine mais ç'aurait été vraiment de la mauvaise foi, pour finasser puisque cela ne changeait pas grand-chose au fond. Ils avaient préparé un paquet d'intéressement pour le cas où j'avais envie de refuser, mais je leur ai dit que franchement on n'en était plus là, j'ai pris une semaine pour réfléchir, le paquet de toute façon je l'aurais pris parce que je ne voyais pas de raison de le leur laisser, simplement (je crois que les deux pandas en ont été surpris) je ne l'ai pas négocié.

Pour le délai de réflexion c'était un réflexe, l'Asie c'est le même vide que l'Europe, mais avec plus de couleur et d'énergie, c'est la démographie qui veut ça ; et les marchés aussi, ces marchés qui les font tous courir, les entreprises, les nationales, les multinationales, et la Mirific derrière elles avec ses études sous le bras, et tous les États du monde aussi, des fois qu'ils pourraient prendre des parts de marché et y voir leur avenir, comme dans un miroir. Pour moi je l'ai déjà dit, c'est juste une question de l'autre moitié à terminer, alors j'ai dit oui sans demander à négocier leur fameux paquet.

♦

Ils m'ont emmené à l'hôpital avec ma patte cassée, c'est frappant de voir la différence que produit l'argent ici, et ça aussi c'est notre avenir, c'est ça qui nous attend quand l'hôpital sera pour les riches et à ce moment-là on aura un peu la même expérience que dans un hôtel de luxe, avec l'angoisse et la mort en plus, mais le service, oh le service en plus pour attendre la mort, et les portiers galonnés vraiment comme des grooms, comme des Spirous qui seraient chinois. Moi j'avais de la chance, je savais que ce n'était pas grave, le pied était enflé et à l'endroit de la fracture noir et bleu et violet comme les flancs des poissons, certains poissons des profondeurs, et je n'avais pas trop mal si je ne bougeais pas et comme ils m'ont tout de suite mis en fauteuil roulant avec un pousseur (en livrée galonnée lui aussi) je n'avais qu'à attendre et me laisser faire. Bien sûr j'étais un peu inquiet, une fracture à quarante-cinq ans on se dit bien qu'on n'est plus à l'âge où le corps sait bien se réparer, en plus moi je ne m'étais jamais rien cassé jusqu'ici, pas un os pas une dent, alors c'était un peu nouveau pour moi.

Mes camarades d'école j'en avais vu plus d'un avec un plâtre, au bras où on lui écrivait des mots, des prénoms au feutre, sur le tibia avec les doigts de pied qui dépassaient comme des crevettes, et il avait une pointe de métal au talon dans son plâtre pour pouvoir poser le pied sur l'arrière comme ces pirates de dessins animés qui marchent sur un barreau de chaise en faisant toc et toc. Mais tout ça c'était pour de rire et d'ailleurs lui aussi on lui faisait des tas de dessins au feutre sur son plâtre et parfois il le montrait après, et on voyait que dans le plâtre il y avait une fine feuille de gaze grise, comme un fragment de moustiquaire pris dans du ciment, la fine carapace grise des crevettes qu'on a écorchées, et moulé sur le tibia comme une cnémide inoffensive, pour rire, tout cela donc rangé dans des souvenirs d'école et surtout, des souvenirs d'autres personnes. Mais moi jamais rien, ni os ni dent, rien de cassé et ça m'a quand même fait un choc.

Et puis de me retrouver à l'hôpital tout seul. C'est le dernier endroit au monde où être seul, parce qu'au fond c'est la plus grande solitude l'hôpital, on y est seul avec sa mort qui s'annonce, qui s'avance par petits morceaux en se faisant annoncer, elle est retenue en chemin parfois, on la retarde ou on s'est mal compris et on se retrouvera plus tard, elle se fait précéder et tous ceux qui sont autour de vous ils peuvent rien pour vous et ils sont bien contents de ne pas être à votre place, c'est comme un jeu de chacun pour soi, personne a envie de prendre la place de l'autre, personne veut y être, personne, personne.

Quand j'étais plus jeune au milieu de la mythologie c'est Alceste qui m'intriguait, vraiment, prendre la place de son mari et mourir à sa place c'est pas imaginable. Pour son enfant on comprend, oui, et tous les jours on peut l'imaginer. Mais entre nous, ah ça, personne alors, personne ferait ce sacrifice. Et en tout cas personne à l'hôpital, et personne autour, parmi tous ceux qui attendent pour leur verdict : les différents degrés d'espoir et de fatigues, de désarroi au-delà du désespoir, de désespoir sans fond, sans fin, la fin vraiment de tout, de tout ce à quoi on peut croire, de tout ce qui a un sens et qui va être délié, rien que pour vous, pendant que ça tient toujours pour les autres.

Moi l'hôpital, j'y étais seul. Ils étaient gentils avec moi, un peu plus je crois quand ils ont compris que j'étais seul, non, personne à prévenir, personne pour m'aider ou venir attendre avec moi, non personne pour venir me chercher. Un peu plus gentils donc, et puis patients pour bien m'expliquer puisque si je ne comprenais pas les instructions il n'y aurait personne pour rattraper le coup, et ce serait trop bête de garder des séquelles pour une raison comme ça, c'est la double peine pour ainsi dire, pas vrai ? Alors ils répétaient bien tout et ils relisaient avec moi en anglais, dans un très bon anglais au demeurant, et c'est ça aussi qui nous attend, des hôpitaux pour riches où on parle l'anglais aussi bien que dans les hôtels de luxe.

Ils se sont d'abord occupés de la douleur, et le doc il a tout de suite vu que c'était une fracture (moi bêtement je m'accrochais à l'idée d'une déchirure, une foulure, je sais pas, je voulais pas que quelque chose soit cassé, pour la première fois en plus, pas ici à l'autre bout du monde). Donc d'abord la douleur et puis il m'a un tout petit peu parlé, il était assez jovial ce docteur il m'a tout de suite rassuré il m'a dit que ça arrivait très souvent que c'était rien l'affaire de cinq-six mois. Après la radio de confirmation, ils m'ont emmené en rééducation, dans une pièce avec des décors et des meubles comme un théâtre, juste pour m'apprendre à utiliser les béquilles, parce qu'ils m'ont annoncé que pendant deux mois j'allais marcher avec des béquilles, avec deux nouvelles pattes étroites et coudées en plus des miennes, comme un criquet.

4

Je les ai observés, les gros comme celui qui était à côté de moi c'était un ancien ambassadeur et un chef d'entreprise maintenant aux larges lèvres sur lesquelles descendaient encore des poils courts très durs même sur celle d'en bas, il avait toujours pour nos réunions un cahier relié en jaune, sans doute préparé par son assistante, moi je n'avais pas de secrétaire j'étais ma propre secrétaire et tout ce que je devais lire je devais d'abord l'imprimer, et pour commencer réussir à débloquer mon imprimante ce qui fait que je n'avais jamais des rapports complets.

C'était comme ces romans de l'Antiquité où il manque des fragments et on comprend les épreuves que les héros ont traversées en lisant la suite quand ils les évoquent, ou en comprenant où ils se trouvent après (et certains de leurs compagnons ont disparu et on comprend qu'ils ont été tués lors d'une épreuve qui se trouve dans la partie manquante) moi c'était pareil, ce qui fait que déjà je n'avais pas toujours des instructions de la Mirific pour toutes les négociations alors ce que je faisais c'était d'écouter ; ce qui me donnait l'air d'être un sage, je l'espère en tout cas, ou alors un type tellement junior, tellement insignifiant dans sa propre entreprise que le siège n'a pas jugé bon de lui envoyer un mail complet d'instructions.

Et de toute façon je n'avais jamais un exemplaire complet du rapport, aussi quand je faisais des remarques je devais les cantonner aux alinéas que j'avais bien imprimés devant moi, la section 2 de l'alinéa 4, celle-là je pouvais la commenter et même la récuser ou demander qu'on la reformule qu'on la retire du contrat, mais la section 3 en entier me manquait, alors combien de mauvais deals ont dû passer par mes mains en raison du mystère de l'imprimante ; et il aurait suffi de me donner une secrétaire en m'envoyant ici, me disais-je en jalousant l'ambassadeur aux lèvres poilues et son livret relié, toujours en jaune, il avait à chaque fois un stylo bleu tout neuf et il avait tout le loisir d'annoter son exemplaire selon son inspiration, il aimait écrire dans les marges comme Montaigne que voulez-vous, c'est facile avec une secrétaire, on peut alors composer des commentaires comme on veut, sur la partie du texte qui nous inspire, moi j'essayais surtout de trouver des trucs à dire qui ne révéleraient pas que je n'avais pas tout le texte.

Il était sympa l'ancien ambassadeur il aimait bien commenter à voix haute mais pour lui-même ce qui se disait à ce moment-là, mais bon avec un anglais terrible, et le pire c'est que parfois ses commentaires (pas ceux écrits dans les marges de son exemplaire comme Montaigne) il voulait les partager avec son voisin : et c'était toujours moi le voisin. Il avait personne d'autre autour de lui et j'ai commencé à me demander s'il n'était pas connu en fait, s'il avait pas une réputation bien établie comme certains *pistoleros* du Far West, qui fait le vide autour d'eux, ce qui expliquerait pourquoi j'étais toujours le seul voisin à sa portée à chaque fois qu'il y avait un séminaire. Et alors il se penchait vers moi, sa grosse tête touffue d'où on voyait pointer le sommet du crâne car là les cheveux avaient déjà commencé à déserter, et il me disait un commentaire dans un anglais en chêne massif ponctué d'un sourire et d'une invite des yeux, comme un petit « eh ? » et moi c'était le signe que c'était à moi de répondre.

Et non seulement je perdais le fil du séminaire (mais avec mon texte à trou on n'en était plus là de toute façon) mais en plus ce qu'il me disait c'était un trou en soi et comment répondre à un trou ? Alors je faisais un sourire, parfois je réussissais même un petit rire de bon aloi, mais l'invite des yeux continuait alors je cherchais aussi un truc à dire, par exemple « *That's a very good point you make* », « *I think you're right you know* », et je m'en tirais comme ça parce que je voyais que l'ogre touffu reprenait sa place, satisfait de la réponse qu'il avait reçue.

Mais un jour je me suis rendu compte que dans tous les commentaires qu'il m'a lancés comme des propositions il devait bien y avoir au moins une ou deux questions négatives, et alors lui non plus n'a pas dû comprendre mes réponses affirmatives et sympathiques ; mais avec le même détachement poli, la même courtoise incompréhension et au fond la même certitude que tout ceci n'avait pas plus d'importance ou d'intérêt que le conférencier dont nous venions de manquer l'intervention, il avait décidé de s'en foutre.

Franchement, on n'en était plus là et je me débattais encore pour suivre sur l'ordre du jour incomplet qu'on m'avait donné, c'était jamais le bon, jamais le même que le dernier mis à jour sur le site pour la réunion mais il était trop tard pour l'imprimer, et j'enviais tous ces mecs autour de la table avec leurs secrétaires pour leur préparer leurs copies à jour sur lesquelles ils n'avaient plus qu'à déposer, sibyllins, leurs souverains commentaires et recommandations comme des Montaigne en costumes impeccables et payés pour assister à des séminaires.

♦

Quand ils m'ont vu arriver à la salle ils m'ont regardé bizarrement, ils ont dû se dire que j'étais vaguement siphonné, personne ne se met à la boxe à quarante-cinq ans. J'avais choisi la salle parce qu'on m'avait dit qu'il n'y avait pas de règles là-bas, pas d'assurances, si tu perds tes dents tu n'as qu'à les ramasser tout seul.

Et parfois quand c'était dur, les premières séances je me disais si ton cœur claque ils t'enterreront quelque part et ce sera tout, et comme ça on n'entendra plus parler de toi.

La salle est un hangar dans un coin de la ville, entouré d'un mur, à côté il y a une cour et après avoir sauté à la corde pendant vingt minutes on va courir de long en large comme entre les murs d'une prison, sauf qu'à l'intérieur du mur d'enceinte, sur les autres côtés (à part celui du hangar) il y a des maisons où habitent des familles.

C'était le soir et les familles étaient rassemblées sur des terrasses chuchotantes et blafardes car il n'y avait qu'une ampoule nue en général ou alors un néon.

Pour des raisons d'horaires je n'y allais qu'à la nuit tombée, de menus lézards traversaient le plafond pendant que nous nous entraînions et drôlement ils nous regardaient la tête en bas, un instant, en s'arrêtant pour contempler tout cela, juste avant de repartir comme un filet d'eau grise, ou parfois ils restaient là plus longtemps, je les regardais moi aussi avec amusement quand je restais au sol.

5

Quand les gens sont heureux ils ne vous regardent pas, ils regardent leur propre bonheur ou plus exactement ils oublient de regarder. On ne regarde que quand on est malheureux, quand on est seul, on est bien obligé, on reste éveillé par la souffrance et on regarde ce qui se passe tout autour. Le pire c'est les couples. Ils ne regardent plus, ils ne se voient plus eux-mêmes d'ailleurs, ils sont pris dans le mouvement de la vie les projets, les voyages, les vacances à organiser et tout le reste, les visites à la famille, et des amis, la voiture à acheter, à changer, à faire réparer, à nettoyer, tout ça c'est des projets donc (et le grand Projet : le projet immobilier : celui-là il les contient presque tous), ces choses dont le rapport marque leur vie, toute la vie.

En Chine j'ai vu des couples d'amoureux assis dans un restaurant, chacun sur son écran de smartphone en picorant de coups de baguettes le dîner qu'ils avaient commandé, et parfois ils se parlaient l'un à l'autre sans lever les yeux du Samsung, parfois ils parlaient à l'écran, donc il y avait quelqu'un d'autre devant eux derrière l'écran, ils étaient trois en fait (mais plutôt deux d'un côté, et le dernier seul), ils étaient réellement en appel vidéo pendant leur dîner en amoureux (et qu'est-ce que pouvait voir cette troisième personne : un buste en contre-plongée, avec un plafond illuminé de restaurant, parfois des baguettes qui devaient traverser l'écran, avec une petite musique de fond, d'autres dîneurs ?).

Je n'avais jamais vu cela en Europe mais c'est notre avenir, la Chine, son hyperconnectivité, la passion pour tout ce qui est technologique (et c'est leur étonnante ressemblance avec les Américains), tout ce qui est numérique, tout ce qui se consomme et se mange, comme au milieu des villes, sur les panneaux géants de vidéos qui passent en boucle des vols de crevettes tombés dans des sauces ébouillantées, des boules de glace parfaitement roulées au doux rebond sur des montagnes de fraises éternellement rouges, et ces élixirs, ces essences de champignon, de gingembre, de racines les garanties du teint clair, jeune, de jeunes cadres productifs, heureux, à la démarche élastique et sans question, sans avenir et sans histoire, je veux dire sans récit au-delà des quinze parfaites secondes, parfaitement rythmées qui nous montrent comment conserver un corps sportif, un teint éclatant, qui peut être mis à bon usage (sans qu'on nous le montre jamais, cet usage reste une ellipse) pour un homme et pour une femme souriant de plain-pied, avant de repartir au travail (ou en soirée, ce qui entrecoupe deux journées de travail).

J'étais de plus en plus persuadé que l'avenir de l'Europe, c'est pas les États-Unis (quand j'étais enfant on répétait que la France reprenait avec dix ans de retard ce qui se faisait aux USA, ça aussi c'est de l'histoire ancienne) ce qui nous attend c'est l'Asie, c'est juste qu'on ne le sait pas encore, parce que nos regards sont portés ailleurs, ou plus exactement on a cessé de regarder, l'Europe c'est comme si on était déjà en couple : on a cessé de regarder, et rien ne nous oblige plus à regarder.

♦

Certains soirs je rentrais tellement fatigué la nuit tombée, en remontant l'allée les grands palmiers après la guérite où le gardien sommeille sur son tabouret, regarde son écran ou parfois regarde simplement devant lui de l'autre côté de la nuit poussiéreuse, aussi fatigué que moi rêvant comme moi à quelqu'un qui l'attend à l'autre bout de cette nuit, et les grands aréquiers s'agitent là-haut aussi lentement que les lents cous des girafes, la nuit toujours couverte de nuages quand je rentre à ces heures, et on les voit courir entre les grandes tours couronnées de néons, celle du Somerset, l'étrange double corne du Regent, du Luxury Elite, le cercle violet de l'Empire, ils glissent dans leurs demi-teintes entre les heures de la nuit longtemps après que les tubes blafards les écrans crus des réclames éternelles se sont éteints dans la nuit, même les lettres vibrantes de l'hôpital Saint Matthew vertes et blanches, les pulsations avides du Sofitel et les trois lettres du rooftop bar le plus haut de la ville dans sa bulle de verre incassable.

Tout est éteint quand je rentre et il n'y a plus que les feuilles des allées pour me souhaiter le retour, je repense à mes palmiers que le lent vent dérange, révélant les courses de nuages vers les grandes tours, tout se met à trembler loin des regards, dans ce coin de la nuit où l'on peut être soi-même car tous les témoins sont partis dormir, longtemps après avoir parlé et agi, loin des méchants calculs et des espoirs, et des ambitions et des mensonges, loin et longtemps après les échanges et les avarices, et les vengeances plantées dans le jour comme les longues tiges de fer du béton armé qui donnent toute sa solidité à l'ensemble ; mais quand je rentre aussi tard la nuit est redevenue une nuit mauve pleine d'ombres et un grand ciel liquide qui n'a pas besoin d'être soutenu et nous contient tous.

6

D'abord c'était comme un nuage de la pollution qui enveloppe tout ici mais le ciel est devenu noir et c'était un orage.

Et maintenant le ciel gronde comme s'il en voulait à mes fautes mais tout ça c'est des fables. Il est tout seul le ciel, il est comme moi, c'est pour cela qu'il fait du bruit il essaie de bouger. Son orage c'est sa solitude à lui il ne faut pas lui en vouloir, après il n'y a que de la fatigue, de la fatigue et de la solitude, et sa vie qui est gâchée comme la nôtre, et il le sait un peu, alors il le dit à sa façon qui est celle des enfants.

Les gens je les vois d'en haut moi aussi du haut de ma tour, ils baissent la tête et ils essaient de se protéger, en courant, en marchant, ils se tiennent par la main parfois, certains attendent cachés, sur les bords des avenues, à la lisière, là où les voitures filent comme des feux des mâts nocturnes, rouge et vert selon le côté, dans les voitures ils se tiennent par la main aussi et ils sont à l'abri. À eux non plus il ne faut pas leur en vouloir, même si eux ils ne savent rien, et en plus ne cherchent pas à en savoir davantage. Ils glissent dans la nuit et cela leur suffit, cela leur suffit d'être à l'abri et ils attendent que la nuit se passe, et pour attendre ils la passeront ensemble, pourquoi s'en feraient-ils, du souci, pourquoi la regarder la nuit ; il suffit, croit-on de la traverser pour se retrouver à l'abri de l'autre côté. Mais c'est comme pour la vie, s'il y avait un autre côté c'est que ce ne serait pas la nuit, parce que si la nuit n'est qu'une moitié alors ce n'est pas la nuit et c'est ça qui me rendait triste, me retrouver au milieu de tout ça alors que je n'avais rien demandé.

7

Ce soir la nuit est tombée plus tôt, avec la pluie. Six heures et demie et le ciel est noir, les gouttes tambourinent sur mes vitres pendant que je traverse la ville, les artères sont remplies de voitures qui scintillent comme des toiles de Seurat, des Pissaro mobiles, comme des objets sculptés dans la peinture, leur nature révélée par un peintre qui ne pose que des points, le monde derrière ma vitre a été recomposé par un impressionniste, un artisan qui travaille avec la lumière et le métal, et la pluie vient tout fragmenter et tout disperser dans la nuit. Et ce n'est même pas la nuit, c'est trop vague trop clair encore, la ville continue comme si de rien n'était, c'est les mégapoles de demain où la pluie tombe sans effet, car les voitures et même les scooters en myriades ne sont pas affectés par les gouttes qui glissent comme des vestiges sur mes vitres, voilant mes rétroviseurs.

La nuit avant de me coucher je monte dans l'angle de ma chambre et la nuit noire est tendue de guirlandes, de rectangles lumineux, de grains orangés, blafards, jaunes, écrus, de la géographie désertée de ma ville. Quand je suis arrivé ici j'ai commencé à la haïr, comme je haïssais ma chambre toujours vide, et puis j'ai appris à force de larmes à regarder, sans colère, sans espoir et sans imagination, à la regarder comme elle est ma nuit, quand elle entre dans ma chambre à pieds nus par les baies vitrées qui font l'angle derrière mon lit, portant dans ses mains le plateau de lumières étagées, irriguées, irrégulières, où s'ordonnent par zones les parties qui sont d'abord au plus proche de moi, puis la zone où commencent les industries ou ce qu'il en reste à mesure que les immeubles sont détruits et renaissent dans leurs langes de béton armé, puis de nouveau les quartiers résidentiels qui pointent vers les premières collines, et cette ligne au fond de points orangés qui scintillent, comme les lumières tremblotantes de la côte que j'apercevais, enfant, au ras de la mer quand notre ferry traversait le golfe.

♦

Julia, la première fois que je l'ai vue ses yeux étaient cachés par de grandes lunettes noires, qui remontaient presque sur le front, à la manière des stars américaines des années cinquante, elle avait des cheveux noirs comme ceux de Médée, elle avait ce voile dans la voix et ce détachement, la désinvolture des femmes qui se savent désirables, qui a dû rendre fou Jason quand il a vu Médée et tout de suite il a décidé de lui confier sa vie contre le dragon, et immédiatement je fus attiré par elle, avec une telle certitude, une telle force que j'en ressentais de la colère. J'étais marié à Bella à l'époque, je voulais croire au mariage (pas le mariage en général, juste le mien) à l'engagement et l'amour sans retour, en quoi j'avais très mal lu l'histoire de Jason et de Médée, et plutôt que de tirer les conclusions qui s'imposaient à moi (que si amour et engagement il y avait, il était désormais envers Médée, qu'elle m'aime en retour ou pas, d'ailleurs, et plus désormais envers Bella) je me révoltai contre elles, comme un adolescent, comme un personnage de roman, comme quelqu'un qui vivrait sa vie comme un roman. Les personnages des mythes, eux, ils comprennent mieux, bien mieux, et ils ne font pas ce genre d'erreur, regardez Jason.

Et elle, pendant que je me débattais avec ma colère, elle me regardait avec ce détachement tranquille que donne la beauté, la beauté de celles qui se foutent de tout du moment qu'elles savent que leur pouvoir de séduire fonctionne et les accompagne, comme un parfum, une auréole, le signe iconographique de leur sainteté pour tous ceux qui les regardent.

Après cette première rencontre (et je ne sais même plus au juste ce que nous nous sommes dit cette première soirée, Bella venait de me la présenter, et moi je regardais simplement cette auréole et cette certitude qui se dégageait d'elle, aussi naturellement que le parfum sort du géranium, du laurier) nous nous sommes perdus de vue (comme on dit pour dire qu'on cesse de faire l'effort de se revoir) et à vrai dire moi j'ai tout fait pour la perdre de vue ; c'est-à-dire que toutes les fois où les hasards de la vie, des connaissances communes, auraient pu nous remettre en présence l'un de l'autre, toutes les fois où Bella m'en parlait, je prenais un soin méticuleux à tuer cette chance, à bien l'écarter, à bien l'oublier, elle, son auréole, sa sainteté et sa voix rauque.

Pourtant de loin je recevais de ses nouvelles, comme un pincement qui fait donner, très brièvement, un son à une guitare, et mon amour pour elle était comme cette guitare tirée un instant de son sommeil ; elle est posée et tant qu'on ne la déplace pas elle reste silencieuse, la musique reste dans ses flancs, dans l'ombre au centre, derrière les cordes et l'ambre. Et puis ces nouvelles de plus en plus parlaient plutôt d'un naufrage, de naufrages répétés en fait, et des cheveux blancs commençaient à apparaître dans sa chevelure noire, comme Médée quand Jason commença à lui échapper, à lui mentir lui aussi.

8

Il fallut tout séparer, les meubles, les livres, les souvenirs, le plus simple dans ces cas-là c'est les meubles, pour les livres c'est en général écrit dessus, et puis les souvenirs elle n'en avait déjà plus.

Elle avait hâte de passer à autre chose, son nouveau compagnon débordant de fric, en passant l'électroménager en revue Bella me disait avec fierté : « Garde-le, je vais en racheter un neuf. » D'ailleurs quand les déménageurs sont venus les cartons tout neufs, fraîchement déposés par Amazon étaient empilés sur ses propres cartons à emporter, la machine Nespresso avec la dernière turbine, un grand four allemand dernier modèle, même un toasteur à double chromage.

En y repensant je crois qu'à ce moment-là elle avait poussé la mesquinerie à acheter tout ça sur notre compte commun avant la séparation bancaire, on n'en était plus là je trouvais, moi je remarquais surtout qu'elle jetait devant moi tous les mots les dessins, les lettres et des quatrains que je lui avais offerts pendant toutes ces années, je les retrouvais dans le grand sac-poubelle qu'on avait ouvert dans le salon pour tout vider avant l'arrivée des déménageurs. On n'en était plus là donc, les sirènes du fric sifflaient déjà assez fort dans l'appartement, et tout ce qui avait pu ressembler, dans le passé, à des sentiments, faisait déjà partie de la grande liquidation.

Bella rayonnait, son amour du rangement et sa hâte d'une nouvelle vie la propulsaient dans l'avenir, un avenir parisien dans le 16e arrondissement, à fréquenter enfin des gens riches et à l'ennui convenable, et parmi eux il y en aurait bien un qui se piquerait de culture, enfin de la culture d'aujourd'hui je me comprends, le genre de truc qu'on peut avaler sans trop mastiquer, intellectuellement c'est fatigant de mâcher, et pour la digestion il y a la télé, avec un régime comme ça on peut se faire quelque nutriment de culture, il vous traverse l'organisme dans le bol alimentaire, vous le ressortez une ou deux fois au dîner, en famille ou en soirée, avec les collègues, dans les déjeuners d'affaires quand les affaires sérieuses ont été bouclées, et le tour est joué, on a purgé, on peut en reprendre encore un peu, juste pour le cycle de la digestion, c'est comme les légumes, on n'aime pas trop ça mais on essaie d'en manger un peu car c'est bon pour le transit, mais dès qu'on peut en réalité on fait autre chose, on parle d'argent, de vacances à Cannes à Courchevel ou l'île de Ré, on parle de ces hobbies stupides comme le sport, on parle de ce qu'il y a dans la presse, c'est des plats pour le micro-ondes c'est vite prêt.

On parle de rien finalement à force de vide, et on se sent bien parce qu'il n'y a pas de raison de s'inquiéter, d'être inquiété, et quand on rentre de la soirée on parle de ceux avec qui on a parlé de ces vides, on parle d'eux et on les redécrit, et on ne dit toujours rien, et on se couche, prêt à recommencer le lendemain, après avoir consulté une dernière fois son écran, pour le cas où on aurait manqué l'annonce de la fin du monde.

On peut y passer encore une petite heure avant de dormir, c'était la spécialité de Bella, et on dort d'un sommeil sans question, avec des rêves sans langage, que des couleurs, les couleurs laquées des dernières images, lissées, lustrales, les pastels de l'iPhone.

♦

Parfois la lumière de l'après-midi tombait sur ma page quand je lisais sa lettre, elle m'intéressait plus que sa lettre la lumière, elle me rappelait que j'étais encore en vie, comme avant elle toutes les pages que j'avais lues ou écrites, claires au soleil et parfois, si les nuages venaient à passer, une pulsation de la lumière qui venait sur ma page, je la voyais croître, naître, exercer sa vigueur jusqu'à la rendre complètement blanche et on ne voyait plus qu'elle, puis décroître, pâlir et s'affaiblir quand un nouveau nuage venait à s'interposer, puis à nouveau la lumière croître, lente, sûre et pure vigueur, la pulsation invincible dont nous ne sommes que des témoins temporaires et que je regardais, immobile et confondu.

Sous ces latitudes, ou alors sous ces années, je n'ai jamais revu cette pulsation de la lumière, peut-être est-elle trop massive ici, trop immense comme la température (cette semaine elle n'est pas tombée en dessous de 38 degrés au lever), trop immense comme tout le reste aussi ici, ou peut-être que j'ai oublié comment me confondre avec elle au point de ne voir qu'elle sur ma page, c'est-à-dire de ne voir que l'instant lui-même, distinct de tout ce qui le côtoie, ce qui l'habille et le masque, tout ce qui le double et le fait voir comme s'il était autre chose, un contenu.

Je suis quand même arrivé au point où je peux voir la lumière sur la page et pas seulement la page. Mais le mouvement de la lumière, sa respiration, la pulsation de l'instant, ça je l'ai perdu, avec mon enfance et mon adolescence ou ma jeunesse, et je n'en ai plus que le souvenir comme l'exilé se souvient un instant de sa patrie.

♦

Je me tenais bien droit sur ma chaise et l'avocat sur ma gauche, il m'avait expliqué que c'était une formalité, par consentement mutuel, quand tous les détails sont déjà réglés et le consentement obtenu c'est très vite, il suffit de confirmer par écrit que le partage a été fait sans donner lieu à contentieux et surtout que le consentement n'est pas arraché par pression morale financière ou physique, et pas de dettes, et les questions d'argent sont allées vite de toute façon je n'ai jamais eu grand-chose, et après avec la pension un peu moins. Le juge (c'est souvent des femmes m'a expliqué l'avocat, c'est une forme de spécialisation pour les magistrats et quand on y pense c'est quand même un stéréotype) reçoit l'un, puis l'autre, l'avocat entre avec son client à chaque fois et le greffier (souvent une femme aussi, le même stéréotype sans doute) est là aussi, c'est très rapide et très restreint et quinze ans de vie sont liquidés aux yeux de la loi, avec une formule type que j'ai oubliée et qui cite l'État.

Le soir était tombé et comme nous avions dû attendre, les couloirs rappelaient ces vieux locaux (casernes, lycées, Sorbonnes) où on est obligé d'attendre avec sa propre angoisse, le soir, alors que tout le monde a déjà terminé sa journée, les luminaires sont jaunes comme de vieux globes terrestres pour les enfants, ou des tubes de néons livides, jamais d'entre-deux et on attend, il y a des pas, des gens qui s'attardent mais n'ont aucune raison d'être tristes ou d'espérer, comme des infirmières qui passent, ils font partie des lieux et pour eux c'est juste une journée de travail qui se prolonge un peu et s'achève, comme moi si j'étais resté dans mon bureau à finir de lire un papier ou écrire un mail, et eux passent d'une pièce à l'autre en faisant craquer les parquets, avec un dossier ou des papiers mais ce n'est jamais le mien.

♦

Septembre est en plein dans la saison des moussons, en fait d'août à novembre la pluie s'abat avec régularité, soudaine et pleine comme s'il s'agissait toujours d'un mur, et sur les vitres c'est effectivement un mur liquide qui ruisselle, pas des gouttes ou des fils irréguliers et parallèles comme en Europe.

♦

De temps à autre même longtemps après je recevais des messages de Bella, parfois à deux, à quatre heures du matin, ceux-là elle devait les écrire pendant que son mec dormait comme un tas d'or à ses côtés, aussi gros et inerte, et chauve comme un sac à billets.

Dans ces moments-là elle exprimait du remords, elle expiait je pense à sa façon et elle avait besoin de mon pardon (je lui ai donné tout de suite), elle versait presque mystique elle me parlait des anges gardiens. Je ne suis pas sûr d'avoir tout compris mais je crois que parfois elle se présentait un peu comme mon ange gardien, et elle me parlait aussi du sien (et là en tout cas c'était pas moi, en tout cas si elle avait eu l'idée de me demander je lui aurais dit). C'était ça aussi une forme de roman, ça se voulait peut-être un roman épistolaire en version moderne (les SMS ?), mais comme je l'ai dit il n'y a plus d'histoire dans les romans, ce qui compte vraiment c'est comment c'est écrit, et les SMS de Bella on ne peut pas dire que c'était de l'écriture.

Moi pour mon insomnie ça ne s'arrangeait pas et ces messages qui tombaient au milieu de ma nuit (cela faisait longtemps que j'avais cessé de couper la sonnerie de mon téléphone, quand j'ai compris que cela ne faisait aucune différence) cela me distrayait, cela me déprimait aussi il faut bien le remarquer, mais j'avais passé le point où je faisais une différence entre les deux.

♦

Alors la pluie, tous les après-midi avec la régularité des horloges, jusqu'en novembre. À partir de novembre et jusqu'à juillet, beau temps, très chaud bien sûr mais sec, avec un pic dans la chaleur en avril. Mais les gros orages nocturnes ont disparu, avec des éclairs si blancs que le ciel en reste illuminé et moi au 55e étage de ma tour je vois un instant la ville d'en haut blafarde comme un cadavre dont on aurait soulevé le cercueil, juste le couvercle je veux dire.

♦

Elle m'écrivait donc des SMS en me citant des chiffres astronomiques, d'un ton faussement dégagé, comme quand elle me parlait du salaire de son bonhomme (« Il gagne 30 000 euros par mois là, tu te rends compte, dans trois ans il sera fait associé dans sa boîte, et là tu vois, les choses sérieuses vont vraiment commencer… »), comme si elle me parlait de son propre salaire, en fait. Et moi je pensais qu'elle faisait un transfert, comme disent les psychanalystes. Freud dit quelque part au rang de ses passages les plus fumeux, qu'une femme ne peut pas se vanter de la taille de son pénis, mais se vante de celui de son fils, par participation. C'était pareil apparemment, elle se vantait de ce que son mec gagnait, comme si cela ajoutait quelque chose à sa valeur à elle, comme si l'argent qu'on gagnait ajoutait quelque chose à sa propre valeur, pour commencer. Et ensuite, comme si ce que son mec gagnait, de son côté, comptait aussi pour quelque chose (par quelle magie indirecte ?) dans le calcul de sa valeur à elle.

Et j'observais – je n'en étais même plus peiné à cette époque, c'était juste une constatation un peu étonnée, sans douleur, un réveil – que ce type de calcul était en fait important pour elle ; moi qui avais vécu sa jeunesse, à ses côtés, en compagnie de la jeune femme qu'elle avait été, et avec qui elle n'avait jamais formulé ce genre de préoccupations, cette grammaire mesquine de l'ego, je voyais ce qu'elle était devenue à quarante ans, et qu'elle avait encore la naïveté de m'exprimer, sans songer (manque de maturité, ou simplement manque de pudeur) que c'était inconvenant, et triste au fond, et déplacé.

♦

Alors elle achetait un appart pour deux millions et demi d'euros, elle me décrivait l'énormité des emprunts, les visites d'architectes et leurs devis à 150 000 jetons, sans pudeur, sans vergogne, en cherchant à susciter mon étonnement (ou mon admiration ?), ou à provoquer ma sympathie pour tous ces efforts qu'elle devait fournir (ah les banquiers !! les agences ! les propriétaires ! les assureurs ! les architectes ! car c'était moins facile qu'on ne le pensait !! et que de tracas ! mais comme dans les films de série B, cela finirait bien, et elle allait réussir de toute façon, après quelques épreuves, à la manière des cow-boys de pacotille).

Moi, je m'émerveillais de la vitesse avec laquelle elle était devenue accro au fric, fascinée par une existence qui n'avait jamais été la sienne, et à laquelle elle croyait goûter, comme une jeune fille qui serait invitée, mais pour une soirée seulement, au bal des débutantes, mais qui en répéterait les mantras à vie. Elle pensait réellement qu'elle allait désormais passer sa vie à négocier avec des banques, à faire des opérations immobilières complexes, risquées et audacieuses, mais ô combien justifiées, payantes à la fin. Une parvenue donc, mais avec la naïveté des starlettes qui ne comprennent même pas qu'elles ont déjà été abusées, et ne perceront jamais.

9

Parfois le soir à force de fatigue je ne mangeais plus, parfois en rentrant si je trouvais une boîte de conserve traînant je l'ouvrais et avec une cuiller j'en prenais le haut, juste un tiers après la fatigue me dissuadait de continuer et de toute façon je n'avais pas à lutter contre un grand appétit après tout.

J'étais arrivé au moment de la vie où on a tout intérêt à faire passer vite le petit morceau de vie coincé entre le retour chez soi et le sommeil, ce petit morceau de vie à soi coincé entre ces deux devoirs comme un menu morceau carné dans la gencive entre deux dents, et qu'on ne peut pas s'empêcher de toucher de la langue, de repousser du bout, du plat de la langue, du côté, mais on n'y arrive pas et à la fin la langue aussi on l'a écorchée à force de la faire traîner sur les arêtes et on reste là obsédé par ce petit bout qui n'a pas de nom pas de forme, qui nous empêche d'être tranquille et qui est minuscule, minuscule et inconnu de tous, et qui nous interdit de penser à autre chose ou cesser de penser, et on peut juste espérer qu'il partira de lui-même. Oh, au fond on le sait bien, qu'il partira de lui-même, que ce n'est qu'une question de temps, dès qu'on n'y pensera plus en fait c'est ce qu'il attend pour cesser d'exister et disparaître, de lui-même, sans laisser aucune trace ni nom ni mémoire, nous on sait juste qu'il a été là, plus tard ou le lendemain, quand on se rend compte qu'il n'y a plus que du vide, on sait que là il y avait quelque chose, on l'a touché du doigt, de la langue, du plat ou de la pointe de la langue, et on l'en a gardée un peu écorchée, un peu à vif.

Dans ces cas-là il faut se mettre au lit vite, le plus vite possible, et éteindre et rester dans le noir, on peut regarder autour de soi mais en restant dans le noir, les choses les teintes et les couleurs, les lueurs apparaissent peu à peu, il y a toujours une lueur sur la tranche des choses, leur profil, leur hauteur, la longueur des livres, le bois qui enserre les fenêtres, il y a les hauts des rideaux, ces anneaux qui en réalité ont gardé beaucoup de lumière, peut-être que c'est le bois qui fait ça, les tiges noires des pieds de chaise ce n'est pas une lueur mais ça délimite quand même l'espace et tous les objets semblent alors plus lumineux, sauf les taches sombres des vêtements, de certains livres, et les taches noires des mains.

♦

À l'époque où je dormais encore je souffrais de dormir loin de Claire, et avant elle de Bella.

♦

Bella continuait à m'écrire, elle avait fait des enfants avec son autre mec, et celui d'après encore, elle était devenue une caricature, alors qu'elle croyait avoir touché son but, elle ne voyait pas que tout ce qu'elle avait fait pour y parvenir l'éloignait pour toujours de son objectif final, les preuves sûres d'appartenir à la bonne et haute bourgeoisie.

Elle avait beau inscrire tous ses enfants dans une école catholique, être dynamique, organisée volontaire pour toutes les activités (les sorties, les messes les réunions de parents, les activités, les goûters, les spectacles), parfaire les signes de la maman modèle, elle ne serait jamais qu'une divorcée ayant fait trois enfants avec deux hommes différents ; elle ne serait jamais que tolérée dans ce milieu, occupant la place qu'on lui laisserait, et pas plus, malgré tout le fric et les fringues de marque qu'elle pourrait y afficher, et qui lui seraient toujours, quand il le faudra, reprochés ; parce que dans une certaine société, l'argent ne remplace jamais des valeurs d'identité, cette partie du capital social qui reste immatérielle, et qu'on ne peut acquérir que par le temps et, parfois seulement, et rarement, par d'autres genres de sacrifices.

♦

Pendant que la nuit tombe sur les promeneurs, les dîneurs, ceux qui sortent, je pense à l'autre moitié de moi qui dort déjà.

10

Oh je ne viens de rien je le sais, et je n'irai pas loin, j'appartiens à ceux qui n'ont pas de lignée, pas de traces de mes ancêtres et moi je ne serai rien non plus, et tous les espoirs secrets, toutes les envies de Bella n'y pouvaient rien, elle qui à partir du même rien voulait parvenir, exister, devenir quelqu'un.

Elle n'a rien compris, et d'abord à l'époque où elle vit. C'est plus rien d'être quelqu'un, et cela ne dure même pas : on est revenu à la situation normale c'est-à-dire qu'on redisparaît, mais en passant avant par l'illusion, l'abondance et même la surabondance.

N'importe qui peut créer sa page sur Wikipedia, c'est bien commode, et comme ça on peut croire qu'on est bon pour durer. Il suffit de trouver un prétexte, juste ce qu'il faut, c'est comme dans les jeux qu'on jouait enfants, ces jeux où on jouait à devenir riche : alors on commence par un petit achat, un objet ou une maison, et puis on convertit ça, on a des actions, et puis après ça rechange de forme et on a des pions devant soi comme une usine ou une maison et petit à petit (et c'est ça que le jeu veut nous apprendre) la richesse on l'a accumulée parce qu'on a su la rendre mobile, la faire changer de forme, lui donner des noms des motifs différents et toujours avec un peu de risque, avec un peu de chance ; et aujourd'hui l'information elle a rendu cela possible, tout peut devenir de l'information tout peut être stocké et tout le monde peut avoir sa place dans cet immense stock, avoir son nom sur les frontons des monuments qui sont des morceaux du web, c'est même plus important parvenu à ce niveau-là ; vous pouvez tous y voir votre nom, et d'ailleurs le plus simple c'est de l'écrire vous-même ; et sinon on le fait pour vous parce que comme j'ai dit plus haut de toute façon on laisse toujours des traces de tout.

Bella je crois qu'elle en pinçait pour la célébrité, quelqu'un qui ait une page Wikipedia ça lui aurait bien dit, et puis la sienne aussi mais elle voyait pas trop comment, pas trop pourquoi.

Mais ça ne sert plus à rien tout ça, parce que de la célébrité maintenant il y en a trop. Comment savoir ? Et prévoir ce qui va durer ? La page sur le web elle va rester, c'est entendu c'est indestructible (parce que maintenant ils ont même prévu le cas d'un impact électromagnétique causé par une bombe nucléaire, on sait comment le préserver et rebooter le web, plus d'inquiétude de ce côté-là) et donc jusqu'à la fin de notre planète, jusqu'au moment où elle se pulvérisera et toute notre mémoire avec, qui n'aura été qu'un petit hoquet du cœur sur la quatrième orbite de notre système solaire (et lui aussi il va s'éteindre et il éteindra jusqu'à la mémoire de notre cœur aussi), jusqu'à cette fin cette information sur vous-même, cet affichage du moi qu'on appelle la célébrité va continuer, mais à ce niveau-là ça n'a plus de sens parce que c'est cacophonique ; parce qu'il y a tout simplement trop de sens, on peut plus trouver ce qui mérite qu'on y consacre de l'attention réellement.

C'est tout cela qu'elle aurait dû se dire Bella, et donc qu'on en est revenu à la situation d'avant, à la mienne aussi, celle des anonymes ; qui n'ont pas de raison d'être célèbres (et encore moins d'être riches ; parce que là aussi, c'est comme dans le jeu, on peut échanger de la célébrité contre de la richesse, l'inverse aussi, et au fond les deux lui auraient bien plu).

♦

Bella elle avait toujours eu peur de l'avenir, de son avenir financier je veux dire elle m'en parlait souvent. Elle avait très peur de manquer, surtout sa retraite, elle était plus jeune que moi pourtant, elle devait tenir ça de son père je pense, ou de sa mère peut-être, ou peut-être prévoyait-elle déjà de me quitter et elle calculait, naïvement à voix haute, quelles étaient ses chances de s'en tirer financièrement. Car elle avait bien compris que dans le divorce elle ne tirerait pas grand-chose de moi, même en y mettant de mon côté la meilleure volonté du monde il n'y avait pas grand-chose à tirer à vrai dire, alors elle s'angoissait beaucoup.

Moi j'avais une très mauvaise réponse, que je répétais tout aussi naïvement, je lui disais qu'elle n'avait pas à s'en faire puisque tout ce que j'avais était à elle, serait à elle, toujours, quand je serais là et après ma mort. Et cela ne faisait que redoubler son angoisse – je ne comprenais vraiment pas pourquoi, alors – parce que justement je ne serais pas là puisqu'elle allait me quitter, ça n'arrangeait pas du tout ses bidons mes histoires d'amour sans partage. Car ça c'était l'hypothèse où elle restait avec moi, et franchement on n'en était plus là, l'idée c'était de trouver justement quelqu'un qui avait quelque chose à partager vraiment, et pas mes misères qui étaient toutes à elle de mon vivant et après ma mort.

Ça j'aurais pu le comprendre plus vite, seulement quand je l'ai connue Bella (mais à sa décharge on était vraiment plus jeunes elle comme moi, vraiment de l'autre côté de la vie, et c'est juste qu'avec la différence d'âge elle n'était pas près d'atteindre cette moitié avant moi), quand je l'avais connue elle était très différente, ce n'était vraiment pas dans ses valeurs toutes ces histoires, et on parlait vraiment d'autre chose.

11

Moi je venais de pas grand-chose, mes parents venaient de Paris et ils avaient même pas d'endroit d'où on peut dire : « C'est de ce village, c'est de cette région que vient votre famille. La maison de famille, les ancêtres, ils viennent de là et là. »

Non, ils étaient de Paris, et leurs parents aussi, et en fait de lignée c'étaient des petites gens qui avaient juste habité dans tel coin de Paris, les Batignolles, Vincennes, et Jussieu, et près de Glacière aussi, et d'autres grands-parents près de Picpus, au gré des déménagements et des mariages, des rencontres, et jamais avec des maisons à eux, au gré des locations, et à la fin ça fait juste une carte des endroits de Paris, et puis des petits morceaux d'histoire pour ceux qui m'en ont parlé, des métiers qui existent plus, comme lustreur de plumes par exemple.

C'était la grand-mère de ma grand-mère qui faisait ce métier, quand ma grand-mère était une petite fille, au début du XXe siècle, avant la guerre de 14, c'était il y a plus d'un siècle.

À l'époque les dames qui pouvaient se le permettre portaient des plumes à leur chapeau, il faut voir, c'est le monde de Proust tout ça, le monde d'avant Proust même (parce que lui il a raconté leur mort à tous), les dames, de la haute bourgeoisie, de la noblesse, on portait des plumes. Et parmi tous les petits métiers, les modistes les couturières, les blanchisseuses, il y avait un métier qui consistait à lustrer les plumes, c'est véridique, à les nettoyer à en prendre soin, et l'une des femmes qui faisaient ce métier de domestique c'était la grand-mère de ma grand-mère, je le sais parce qu'elle m'en a parlé ma grand-mère. C'était alors une petite fille et sa mère travaillait elle ne pouvait pas la garder, alors c'était plus simple de la confier à sa grand-mère à elle. Mais la grand-mère devait travailler aussi alors elle emmenait la petite avec elle chez les clientes.

Mais les plumes il faut savoir que c'est très fragile, c'était des vraies plumes, qui venaient d'animaux, pas des trucs complètement artificiels et plastiques qu'on voit aujourd'hui sous le nom de plumes, c'est très fragile et justement comme chaque plume venait d'un animal elle était très précieuse, il ne fallait surtout pas les abîmer en les nettoyant, sinon la lustreuse de plume devait payer de sa poche cela revenait impossiblement cher, alors la grand-mère de ma grand-mère lui avait bien expliqué tout cela très gravement, de faire très attention, et l'avait bien mise en garde et sans le savoir cela lui avait fait si peur à ma grand-mère, qu'elle avait peur de bouger dans le cabinet où on les avait installées avec les plumes à lustrer. Et elle me racontait, on lui avait donné une petite chaise où s'asseoir et elle restait là sans oser bouger, pendant des heures en regardant sa grand-mère travailler sur les plumes, petite fille qui regardait tout sans parler pour ne pas la déranger, sans bouger aussi pour ne rien abîmer, pour ne pas tordre les plumes ou les froisser, casser les tiges, et elle restait assise en regardant autour d'elle, avec la peur suspendue dans son âme minuscule. Quand elle m'en parlait j'entendais encore son inquiétude d'enfant, on lui avait tellement dit, elle avait encore peur de causer un malheur à sa grand-mère qui avait bien voulu l'emmener.

Moi je pensais à ça quand Bella me parlait de ses projets à trois millions, c'est sûr qu'en venant de ce monde-là je n'aurais jamais pu satisfaire les ambitions que Bella avait pour sa place dans la société, quand j'entendais sa fierté en citant les salaires dans lesquels elle vivait, ses ambitions atteintes.

Pauvre Bella, et bien plus pauvre que ma grand-mère ; parce que personne ne pensera à elle et à sa peur de causer du malheur à ceux qu'elle aime (si cette peur existe encore en elle, et je ne le crois pas, du reste), et personne ne pensera à la petite fille qu'elle a été et à la peur avec laquelle elle devait vivre en se tenant sur sa chaise sans bouger jamais, en évitant d'abîmer ces choses précieuses qui n'étaient pas faites pour elle.

12

Je ne sais plus quel âge j'avais quand je suis entré à la Mirific, on m'en avait parlé mais ce n'est pas à ce moment-là, je crois que c'était en répondant à une annonce. La Mirific Company existe depuis les années soixante, et elle a connu beaucoup d'adaptations, et c'est une vraie corporation avec ses lois et ses règles, et un chiffre d'affaires qui doit être astronomique et sans doute secret, le vrai je veux dire.

La Mirific c'est le prototype de la boîte de demain et c'est étrange parce que c'est en fait une boîte assez ancienne, parfois je me dis qu'elle a toujours existé sous une forme ou sous une autre, et elle a connu toutes les modes du management qui ont soufflé sur nos existences, et maintenant la mode c'est de faire appel à une boîte extérieure pour demander des conseils pour améliorer « son *management* et ses *process* », ce qui est là aussi amusant parce que dans ses propres activités la Mirific fait aussi du conseil en management. Elle fait aussi du *risk management.* Et des études par pays, par secteurs d'activité pour vérifier si les investissements seront en sécurité et plus ou moins rentables, et de la *due diligence* aussi, ils s'y sont mis un peu plus tard, et du conseil en recrutement, il y a aussi un département pour ça, et aussi tout ce que le mot « *consulting* » peut recouvrir (et c'est un mot bien commode pour ça, parce qu'il en recouvre bien des choses).

Je me creuse la tête après toutes ces années et je ne vois pas bien quel service la Mirific n'est pas capable de proposer ; ce n'est pas une banque, c'est sûr, ça c'est du sérieux. Mais je ne suis pas sûr qu'ils ne trempent pas un peu dans les assurances, ou quelque chose d'approchant. Je ne peux pas dire, ça se voit, que cela m'ait beaucoup intéressé les activités de la Mirific, d'autant qu'assez gentiment une fois que j'y suis entré on m'y a laissé plutôt tranquille, sans doute il faut dire, précisément parce que cela ne m'a jamais beaucoup intéressé, c'est-à-dire que j'ai rapidement été sorti de la course aux prétendants, ceux qui veulent la main de Pénélope et le royaume dès qu'Ulysse a le dos tourné, et qui en fait s'entre-tuent tout seuls sans qu'Ulysse ait besoin de s'en charger lui-même, avec sa ruse, son arc, et toute l'histoire.

Moi ce que j'y faisais c'est des études, compiler des données pour des clients en leur proposant des conclusions et des conseils, agréger et présenter des tas de données différentes pour à la fois donner un sens et puis le mettre dans une forme un peu attrayante, parfois un peu nouvelle, en tout cas digeste pour le client, parce que comme c'est lui qui paye il vaut mieux soigner sa digestion, et s'il est content il paie d'autres études, et finalement c'est aussi simple que ça, aussi facile, aussi vide que ça.

♦

Et au bout d'un moment j'étais tellement malheureux que j'ai fait comme si Claire n'existait plus du tout, j'ai pris l'habitude de l'oublier, et c'est moins évident, moins facile qu'on ne pense à première vue, parce que la tristesse reste là et le manque, simplement on cesse de croire qu'il va s'arrêter un jour, on accepte, en fait, que ça va continuer comme ça. Comme un morceau de terre qui reçoit de la pluie, ça continue il n'y peut rien.

Après, et cela ne s'est pas fait comme un déclic, c'est plutôt lent comme quand une partie de vous est arrachée et résiste, alors après, quand je pensais à elle cela faisait mal mais je pouvais continuer à respirer, parce qu'il n'y avait plus l'idée d'espoir pour me gêner dans ma tristesse. J'étais redevenu comme la mer, elle porte ses vagues, et c'est d'elle et de ses amours secrets que viennent chacune de ces vagues, chaque déplacement infime, chaque frange et chaque heurt infini et partagé de son cœur, mais aucun bateau pour gêner ce concert extérieur qui prend forme et voit la lumière.

♦

Un jour un type est venu à la Mirific nous parler des robots, il appelait ça l'intelligence artificielle pour nous faire croire que c'était autre chose que les trucs qu'on lisait déjà enfants, c'était juste un benêt qui venait vendre sa conférence, il venait d'une autre boîte de consulting (et la Mirific fait pareil, parfois elle arrive à fourguer sa propre camelote à des boîtes qui vendent la même chose : c'est un business circulaire, une forme d'arrangement d'échanges, comme les gosses qui acceptent de s'échanger des images à la récréation, et tout finit en fait dans le même cahier à la fin sauf que chacun a le sien avec les mêmes images dedans) ; et je ne dis pas benêt à cause de ça, parce qu'il venait d'une autre boîte, parce qu'à la Mirific on a plusieurs champions de la galaxie en matière de benêts, et on les exporte et on les promeut, et justement on sait les reconnaître les benêts puisqu'on en produit nous-mêmes. Et puis nos compétiteurs, on vend le même bidon sous forme d'études d'impact et de prospective alors les charlatans vous pensez si on sait les reconnaître, c'est comme une marque biblique entre nous sur le front, une marque que les anges ont déposée autrefois au-dessus de nos yeux et à laquelle, secrètement, on se reconnaît la même malédiction du vide.

Mais lui il était vraiment bête, et vaniteux avec ça (ou il avait besoin d'augmenter son bonus) et il croyait avoir trouvé la pierre philosophale, comme tous ceux qui ont cru avoir trouvé la pierre philosophale et ça a duré deux secondes, et il croyait être remonté aux sources du problème, et d'un vieux problème, d'un problème philosophique justement, puisque c'était lié à l'intelligence elle-même, et alors il nous expliquait ce qui allait se passer avec l'intelligence artificielle, et d'abord qu'elle allait détruire des emplois, mais malheureusement pas le sien, en tout cas il n'y avait pas pensé, avec son intelligence artificielle à lui.

Et c'était déjà, avant sa conférence je veux dire, un sujet assez chaudement débattu aux États-Unis et en Chine et en Russie même, au Japon, en Corée du Sud, en Inde, mais lui il faisait comme s'il avait découvert le sujet tout seul, donc il devait être payé à la commission et surtout il avait aucun respect du copyright, et il espérait peut-être qu'on parlait pas d'autres langues à la Mirific.

Mais la vraie question on l'a pas vue ce jour-là, et quelque temps plus tard les études là-dessus se sont mises à pleuvoir en France (et la plupart du temps c'était des traductions qui ne respectaient pas les copyrights, c'est tout, parce que comme je l'ai dit notre avenir à tous c'est la Chine). Et c'est devenu la grande compétition pour toutes les entreprises, pour tous les États, comme avant, la course pour le charbon.

Mais dans le fond je ne sais pas si un jour une machine sera intelligente au sens où on l'est, ce que je lis (dans les études américaines, qui dans trois mois apparaîtront en français sous une autre signature) c'est que pour l'instant les machines ne peuvent pas expliquer les choix qu'elles ont faits une fois qu'elles ont appris : et par conséquent elles peuvent apprendre à faire, à décider c'est simple, mais elles n'arrivent pas à donner leurs propres raisons, les raisons de leurs décisions. Et donc en fait la vraie barrière qui nous protège d'elles c'est qu'elles ne peuvent pas philosopher. Et le jour où elles le feront ce ne sera pas de l'intelligence, ce sera directement la conscience. Et si c'est vrai alors, encore une fois, c'est finalement la philosophie qui nous protège pour l'instant.

Donc, dans le fond je ne sais pas si un jour une machine sera intelligente au sens où on l'est, si elle l'était elle serait de suite intelligente en un sens très différent du nôtre, à cause de la vitesse mais surtout du langage. Et elle nous éradiquera, sans doute, elle nous supplantera et ce sera rapide, beaucoup plus rapide que nous, et elle le fera sans état d'âme, et c'est cela qui lui manquera, notre lenteur et notre tristesse, notre tristesse quand nous détruisons quelque chose, quand nous éradiquons notre propre monde, quand nous sommes, nous, éradiqués par le monde, et tout ce qui nous reste c'est la capacité à le dire, à dire notre manque et l'absence que nous avons créée.

Cette intelligence dont il parlait ce type elle sera indestructible et pour elle pas de moitiés de vie, donc pas de mémoire, juste des bases de données mais il ne donnait pas l'impression d'avoir bien saisi la différence, avec son micro sur son estrade et son trac qu'il essayait de recouvrir.

13

Qui viendra à l'appel, maintenant que la pluie s'abat et a fait fuir tout le monde, a fait le vide autour de moi. Autour de mon immeuble les bâtiments se rasent et deviennent des débris, je les vois d'en haut, je les vois quand je pars le matin ils sont devenus des terrains vagues tavelés par les machines bulldozers où des chats se glissent, taches blanches de trou en trou que je vois de là-haut.

Autour de moi les immeubles disparaissent et les grands projets de condominiums internationaux sont annoncés sur les panneaux, à chaque fois c'est plus luxueux, plus international tout ce qui se reconstruit, mais j'espère que j'en aurai fini ici quand les nouvelles tours seront livrées. J'imagine que cela doit être amusant de voir les squelettes s'élever, voir à travers, et les planchers comme des biscottes de béton traversées par l'acier mais jusqu'ici je n'ai vu que les tas de débris rasés jusqu'au sol et ils n'ont pas encore commencé à poser les fondations.

♦

Mes parents ne sont pas morts, ils sont encore quelque part en France, peut-être pensent-ils à moi mais ce n'est pas sûr vraiment, est-ce qu'ils pensent à eux-mêmes, ça c'est plus probable, le mur approche à grande vitesse pour eux et ils n'ont plus beaucoup le choix, penser à lui ou se forcer à penser à autre chose, et ça c'est encore penser à lui.

Je ne peux pas dire que nous ayons été très proches, bien sûr ils m'ont aimé, de bons parents même, ils ont fait des sacrifices pour moi, ils se sont souciés de moi, de mon bonheur futur, dans l'idée qu'ils s'en faisaient bien sûr, mais cela on ne peut pas en vouloir à quelqu'un, simplement au bout d'un moment tout cela a cessé, c'était un peu avant, avant que je me réveille et je comprenne la moitié de ma vie, mais c'était avant et ce n'était pas une cause. C'est juste un déclic qui s'est passé chez eux, cela n'a pas lieu chez tous les parents, ce n'est pas du tout une loi, des hommes ou de l'existence ou des parents, c'est juste un truc à eux, à eux en tant qu'individus. À partir d'un moment ils se sont souciés d'eux seulement, c'est tout et avec le temps ils ont disparu comme un avion qui glisse sous la bonne altitude et le radar n'arrive plus à le suivre et à la fin il n'y a plus rien sur l'écran.

C'est un peu comme ça que ça s'est passé et je ne leur en veux pas, d'abord parce qu'ils avaient tout fait jusque-là comme on pouvait l'attendre, ils ont fait leur devoir ou plus, comme on dit, et il n'y avait pas de raison, vraiment, pour qu'ils continuent indéfiniment, alors je ne vois pas pourquoi je leur en aurais voulu. Et puis de mon côté c'était pareil alors pourquoi leur faire un reproche, ils faisaient comme moi après tout, et moi aussi de mon côté j'ai échappé au radar à force de descendre toujours plus près de la ligne du sol et ils ont dû perdre mon signal pareil. Alors je pense que pour eux comme pour moi (et même si pour moi normalement cela devrait encore durer un peu plus longtemps) pour eux comme pour moi donc il y a des souvenirs, des bons et des regrets, des reproches aussi, mais aussi des gratitudes, des moments de pure bonté, de dévouement, et de part et d'autre.

Des moments où on est malade et où ce qui nous maintient le courage c'est qu'on n'est pas seul, on voit quelqu'un à côté de nous, même si on voit son inquiétude, et cela augmente la nôtre et cela nous fait du mal au fond, on n'est pas seul, on a chaud, on peut parler à quelqu'un et on sait que s'il nous répond c'est parce qu'il nous aime et a de la peine pour nous, pour le fait qu'une maladie est en nous, ce n'est pas dans leur voix comme l'infirmière ou le médecin où même s'il y a de la douceur on voit qu'il y a une distance, une technique propre, et eux aussi on ne peut pas leur en vouloir, sans cette technique ils se tueraient à force de parler gentiment à des hommes malades.

Non, un père ou une mère à côté de soi quand on est malade c'est toute la valeur au monde, et pour ça on doit être toujours reconnaissant, et c'est pour ça que quand ils ont disparu pour se soucier d'eux-mêmes je ne leur en ai pas voulu, pas une seconde, ils ont largement mérité ça, et qu'ils soient en paix et heureux où qu'ils se trouvent.

♦

Moi, est-ce que j'ai pu donner quelque chose comme ça dans ma vie ? Dans cette moitié de ma vie qui m'a conduit jusqu'ici ? En franchise, si c'était mon tour d'approcher, de venir moi aussi à la barre des autres, je ne peux pas jurer que oui, vraiment je ne peux pas en être sûr.

Je crois que je pourrais le faire, maintenant, maintenant je sais, mais c'est trop tard, en tout cas je sais maintenant le prix que ça a. Pourtant je cherche dans ma mémoire, je ne sais pas si c'est de la chance plutôt au fond, mais je ne vois pas grand-chose dans mes souvenirs. Peut-être un jour, un jour Bella était très malade c'est vrai, je l'avais emmenée à l'hôpital, aux urgences c'était un dimanche, la soirée, personne bien sûr et ceux qui étaient restés là étaient acariâtres et soupçonneux, fatigués, méchants.

Ils l'avaient couchée sur un lit roulant pareil à un brancard, et pas dans une chambre mais une sorte de réduit sans porte utilisé pour des consultations, il y avait dedans juste un rideau et un tabouret, un petit buffet à roulettes avec des serrures à tous les tiroirs et Bella se tenait très pâle, les mains posées sur son ventre, elle ne parlait pas, ils ne lui avaient même pas posé une intraveineuse, juste un gobelet d'eau avec une paille, de temps en temps un interne venait faire un examen mais à chaque fois c'était le même examen clinique et ce n'était pas le même interne (une femme, une autre femme, un homme), à chaque fois soupçonneux et affairés, comme s'ils ne comprenaient pas pourquoi Bella était là, comme s'ils espéraient qu'à force de douleur et de lassitude elle préférerait partir et revenir en consultation en journée, ou mieux encore dans un autre hôpital ou mieux encore dans une clinique. Moi bien sûr je suis resté là tout ce temps je l'avais accompagnée et tenue, dans le taxi j'avais gardé sa main dans la mienne, Bella avait de petites mains, et une fois arrivés à l'hôpital je ne l'ai pas quittée, je suis allé chercher les internes et déranger un peu leur méchanceté et leur fatigue, je me suis tenu sur le tabouret dans les attentes, debout devant le réduit pendant les examens cliniques répétés (c'étaient toujours les mêmes), reparlementé pour les convaincre de revenir, de faire un autre examen et pas le même, réexpliquer ; et quand en attendant entre deux je-ne-sais-quoi (parce qu'on n'attendait pas ces visites répétées et inutiles) je me tenais sur le tabouret, je lui avais lâché la main parce que cela lui faisait mal de la tenir loin du corps, je lui faisais de la lecture, j'avais emporté un livre dans ma poche, *Le Neveu de Rameau* pour lui faire oublier la douleur, et j'essayais de mon mieux de la rassurer comme si cela pouvait faire passer un peu de la douleur, aussi naïvement que le gobelet d'eau avec la paille, et je ne l'ai pas quittée une seconde.

Mais est-ce que cela lui a donné ce que j'avais reçu, quand cela avait été mon tour, avant elle, ce que mes parents m'avaient donné ? Je ne peux pas en être sûr, et je trouve au moins ce point commun que malgré ce dévouement, que personne d'autre n'a eu pour elle, cela n'a pas pesé une once de mémoire, une once d'hésitation quand elle m'a quitté, elle aussi glissant sous le radar assez rapidement, et pour un type qui l'a promptement trompée dans un bar à whisky deux mois plus tard.

On fait les choses et elles restent dans notre mémoire, mais il n'y a pas d'autre conséquence, il ne faut pas en chercher d'ailleurs, et il ne faut surtout pas les faire pour leurs conséquences, c'est trop moche et stupide, et ce serait méchant en plus. Et c'est pourtant la valeur qui reste quand on cherche dans sa mémoire, bien au calme et seul, et qu'on regarde de l'autre côté, de l'autre côté de la vie qui est là à nous attendre.

14

Moi, pendant qu'il parlait je regardais son petit crâne chauve, colérique et capricieux comme un enfant dont les cheveux n'auraient pas poussé, ou mal, que sur les côtés du crâne, en corolle de bébé, dans son petit complet sur lequel je ne sais pas pourquoi il s'obstinait à greffer son petit ruban bleu, comme s'il portait comme cela un message de sa valeur envoyé par quelqu'un d'autre (et donc avouant par là qu'il n'était même pas le maître de sa valeur), plutôt que l'oubli de quelque couturière, quelque modiste qui a omis de couper le fil de l'étiquette ; exprimant son caprice de ses lèvres petites et plates, les yeux bleus clignotant tout en lançant (comme les enfants croient lancer des flèches en alignant les poings serrés qu'ils écartent soudain) des éclairs imaginaires, mais ce n'est pas facile d'avoir de l'autorité dans un caprice, et moi la Mirific je n'y tenais pas plus que ça alors ses colères c'était des objets d'observation pour moi, comme dans un cube de verre quand la souris s'énerve toute seule à force d'échouer.

Autour de la longue table de réunion en gigantesque U, la plupart se tassaient pour ne pas être vus, les pires adoptaient la tactique des courtisans de réunion (prendre des notes), hochant la tête comme s'ils tenaient à approuver chaque mot tout en le notant à la volée, vite pour ne rien perdre de la divine pensée du petit rien poupin et colérique, et aussi parce que quand on prend des notes non seulement on fait semblant de donner de la valeur à ce qu'on entend, mais en plus on a le regard baissé et occupé, et donc on ne peut pas accrocher les reproches. Certains étaient vraiment déstabilisés et dans ce cas-là leur fétiche (le smartphone) ne pouvait pas les aider, surtout pas ! Il fallait l'oublier pour quelques instants, ou risquer de faire comprendre au petit costume siglé de bleu qu'il avait moins d'importance que la moindre page de résultats Google ou la moindre fiche distrayante de Wikipedia.

C'est un théâtre où les spectateurs étaient payés pour entendre le monologue d'un comédien encore mieux payé qu'eux, et, en partie, mais en partie seulement, les payant eux-mêmes et la secrétaire à ses côtés, tassée elle-même par quelque réprimande antérieure, faisait la figure du souffleur, mais la plus apeurée, la plus haïssante de toutes.

Au bout d'un moment, quand le discours de colère prit fin, on s'aperçut qu'il était parfaitement vide, et la vision stratégique qu'il était censé englober (comme dans une praline où le goût est en fait dans la qualité de l'amande) était aussi nulle que la puissance du caprice qui venait de s'abattre sur la tablée, assez puissante toutefois pour tasser les apeurés, la secrétaire, et jeter les courtisans sur leurs blocs-notes, surtout pas leur ordinateur : on aurait pu croire qu'ils faisaient autre chose que noter les caprices de la bouche d'or chauve et fière de son mérite.

♦

Et si vous voulez savoir le secret, c'est très simple, c'est ne pas penser. Il ne faut pas penser aux autres, à ceux qui sont heureux, ceux qui se préparent le samedi soir à sortir, ceux qui sont ensemble, par multiples de deux, qui sont en famille, ceux qui ne dînent pas seuls, ceux qui mangent avec appétit parce qu'ils ont une raison de manger, et plutôt même, de choisir ce qu'ils vont manger. Ceux qui ont une raison de boire un verre de vin avec leur repas, puisqu'on remplit leur verre, qui regardent le monde autour d'eux sans doute, ou sans crainte, seulement avec l'envie de le découvrir, le découvrir et en parler à ceux qui les accompagnent, qu'il s'agisse d'un compagnon, d'une épouse ou d'une famille. Leur regard est simple, il n'y a pas de pensée derrière, pas de secret de derrière la tête, et quand ils marchent c'est simple aussi, ils regardent le monde et les gens autour sans avoir beaucoup d'attention à leur prêter, ils n'ont pas cette tristesse de ceux qui dorment seuls.

La nuit passe et leur apporte son bonheur, et si elle revient il est renouvelé. Si vous pensez à eux bien sûr, tout devient fou, vous devenez fou et vous cherchez par où vous êtes arrivé à ce cauchemar, parce qu'au début tout le monde a commencé pareil, au début tout le monde a commencé enfant, et on n'a pas de raison de savoir tout cela tant qu'on est enfant. Un enfant dort seul et c'est normal, et il est accompagné jusqu'à son lit, et on lui parle avant qu'il ne dorme (la plupart du temps, normalement j'allais dire), parfois on lui lit une histoire, on le rapproche de la nuit pour qu'il n'en ait pas peur et elle ne devient qu'une parenthèse la nuit, et bientôt le jour vient le libérer et l'enfant retrouve sa famille, son amour, ses amis, la vie qui est là pour lui.

Il ne faut plus penser à tout cela, ce monde qui est parti, il a disparu comme un rêve et justement c'est ça la pensée, comment ce rêve est-il arrivé là, comment puis-je me réveiller et me retrouver dans cette vie, et où est-elle partie mon autre vie, mon autre moitié de vie et tous ceux qui la peuplaient, gentils fantômes attentionnés, compagnons d'affections, amoureuses et amantes, celles qui passaient la main sur la nuque ou dans les cheveux, qui laissaient leur main sur nos genoux, et quand côte à côte nous étions assis dans un restaurant s'il en manquait nous lui donnions simplement notre morceau de pain ?

Ce soir ma chambre est divisée en deux par l'angle que fait la fenêtre, et la nuit entre par les deux côtés, au loin, une reine de lumières comme un fruit noble pénétré de pierreries, traversée des voitures filantes et lumineuses compagnies, vers les foyers et les fêtes, les restaurants ou les théâtres ou les maisons, les grands immeubles et les tours brillent et derrière chaque fenêtre une famille veille et s'éloigne autour de son bonheur comme une étoile dans l'univers en expansion. Je regarde et à mesure que l'heure passe le noir remonte dans la nuit, il n'y a plus que les lampadaires au sol et les taxis et les tours se sont une à une éteintes.

Alors la couche haute de la nuit me regarde telle qu'elle est, une bande de ténèbres douce, large, et en dessous quelques lumières immobiles, blanches, comme si les étoiles étaient descendues se fixer sur la ville, les vraies étoiles que la pollution de cette ville masque et fait disparaître derrière un nuage perpétuel et invisible.

Elle scintille de part et d'autre du mur qui fait l'angle, elle encadre mon lit au moment où je m'étends pour dormir, elle ouvre les mains et je vois ses paumes chargées de scintillantes pierreries si je tourne ma tête d'un côté ou de l'autre dans le silence, dans le sommeil, dans l'immobile silence où j'attends que le sommeil vienne me rejoindre et m'emporter.

15

Au début, quand je coupais le contact, une fois dans mon parking au quatrième sous-sol, je prenais un instant. Je posais mes coudes sur le volant, à regarder devant moi (rien, le mantelet de béton, les lignes au sol, et le silence, le silence des tonnes de ciment au-dessus et au-dessous du monde) et je réfléchissais, comme quelqu'un qui parle à voix haute mais tout seul. Et au bout d'un moment je prenais ma sacoche sur le siège du passager, et je descendais vers l'ascenseur, le code, l'autre ascenseur, et puis chez moi, et la nuit qui m'attendait entrant par le balcon parmi les myriades des lumières des autres âmes, de la ville scintillante gigantesque aux panneaux luminescents, aux feux blancs parsemés tels des pierreries éclatées ou des étoiles, toute scintillante dans son silence de jeune mariée.

Mais, petit à petit, j'ai attendu avant de sortir de ma voiture, quelques minutes de plus, à regarder, à respirer avec mon cœur pour seul compagnon, longtemps, en changeant de position pour rester un peu plus longtemps, accoudé à la porte, ou au fond du siège bien tassé, penché sur le volant, vers le tableau de bord éteint et ses figurines rangées comme des jouets que les enfants ne veulent plus, tout éteint dans la voiture et dans le parking quelques lumières, mais pas violentes pas crues, éteintes elles aussi comme voilées de gaze, et là je n'avais plus qu'à regarder, attentif, et le temps passait, lent et serein, il n'y avait presque jamais personne aux heures où je rentrais et s'ils m'avaient vu ils m'auraient simplement pris pour un fantôme, le fantôme du conducteur que j'étais, arrivé quelques heures auparavant, une image qui est restée sur la rétine alors qu'il n'y a plus rien, une étoile morte alors qu'on la croit bien là à cause de la lumière qu'elle a autrefois envoyée.

C'était doux et simple de devenir un fantôme, tous les soirs, et d'être, alors, libre, de pouvoir regarder autant qu'on veut, et sous l'angle qui nous convient, d'avoir son cœur pour soi comme un compagnon fidèle, qui vous comprend et vous pardonne, et vous permet de rester là si vous en avez besoin, si cela vous fait un peu de bien.

◆

Il n'y a pas, de ce côté de la vie, que les personnes qu'on a quittées, celles qui sont parties, parce qu'elles le voulaient ou celles qui n'avaient pas le choix, celles qui auraient voulu rester avec nous parce que nous leur donnions de la chaleur, ou de l'attention, parce que nous connaissions leur nom tout simplement, parce que dans leurs moments de faiblesse nous avions accepté cette faiblesse sans leur en vouloir, dans leurs moments d'angoisse nous avions porté une partie de ce manteau gelé, parce que nous savions qu'elles avaient peur comme nous.

Et une partie de ceux-là sont repartis malgré eux, emportés de l'autre côté de la nuit où ils n'auraient jamais voulu retourner, et cette nuit peut être un pays, une famille ou un voyage, ou un lit d'hôpital cela n'a aucune importance, ce qui compte c'est qu'ils ont dû quitter ce qu'ils espéraient conserver pour eux, pour ne plus être seuls. Ceux-là sont partis mourir dans les recoins obscurs de la nuit, avec seulement notre mémoire pour les soutenir un moment, et après ils auront bel et bien disparu, et ils le savaient très bien en partant, ils ne se faisaient plus beaucoup d'illusions.

Et puis il y a les autres, qui ont cru que l'autre moitié de la vie leur offrait de meilleures chances, qu'il y avait quelque chose qui valait la peine qu'on s'éloigne et qu'on passe de l'autre côté de la nuit, là où il y a des familles qui dînent ensemble ou simplement des amoureux qui dînent sans regarder encore leur téléphone. Je ne leur en veux pas, comment leur en vouloir, quelqu'un a dit que même celui qui va se pendre cherche le bonheur, le seul détail c'est de garder les yeux ouverts au moins, les yeux c'est tout ce qui nous reste, et la mémoire de ces départs. Et dans le fond on aimerait bien les aider après tout, moi aussi j'ai été un enfant, et je connais bien ça, même si maintenant c'est vraiment très loin dans l'autre moitié de ma vie tout au début.

♦

Quand Claire m'annonça qu'elle m'avait aimé, sans poursuivre sa phrase, sans avoir besoin de la prolonger, conclure, sans avoir à dire qu'elle ne m'aimait plus, je pris la nouvelle en moi comme une hémorragie interne qui se déclare quand un truc se rompt, une artère, je me mis donc à saigner mais rien ne se voyait, je me mis à saigner abondamment, et à l'extérieur j'étais le même et je continuais à l'écouter, je répondais une bribe parfois je faisais semblant de suivre le reste de la conversation mais en fait j'étais lentement vidé de l'intérieur.

Comme ces poissons qui sont morts et qu'on prépare en vidant tout ce qui ne se voit pas. Il reste une partie creusée qui entourait avant le cœur les poumons les entrailles, là où il y avait la vie intime, et il n'y a plus rien maintenant. Elle s'en voulait de me faire du mal, et c'est ce qui me faisait le plus de mal, et il ne me restait plus rien où prendre appui, tout ce que je pouvais faire c'était me tenir silencieux et droit dans ma nuit, écoutant, vivant tout ça en silence, parce que les paroles ne servaient plus à rien, elles ne servaient plus à ranimer des sentiments morts et disparus comme des organes. Alors je gardais les paroles aussi comme des secrets à moi, des amis pour plus tard peut-être, pour quand je serai vraiment seul, je veux dire sans avoir à faire semblant, à cacher ma tristesse, des amis qui viennent quand tout le monde est parti et vous entourent autour de votre chaise, vous savez qu'ils sont là et ce n'est pas la peine qu'ils vous tiennent la main.

Plus tard, quand je suis arrivé chez moi, c'est ce qui s'est passé. J'étais tellement vide et elle était déjà repartie dans ma mémoire, dans la nuit de l'autre côté de ma vie, loin, dans les souvenirs où le bonheur est en train d'espérer qu'il va naître, dans l'espoir du jour, c'était avant la nuit, avant que la nuit ne vienne tout recouvrir de son mensonge et de ses cruautés pour nous laisser nus et seuls, chacun de nous. Et certains le savent, et veulent même (enfin ils essaient) le dire, d'autres non, ils ne veulent pas le savoir et ils n'en ont pas besoin, et pourquoi leur ferait-on ce cadeau maudit, pourquoi leur donnerait-on une pomme d'or à déclencher les malheurs, et la mort et la guerre perpétuelle, chez les mortels et chez ceux qui sont déjà au-delà de la mort.

Alors comme j'avais dit je me suis assis, sous le rond de la lumière de la lampe, et autour de moi la nuit s'est mise en cercle, sans bruit, sans parole, sans déposer ses ombres sur la table, sans offrande, sans souvenir, sans avenir, juste avec mon affliction à moi qui était là pour me tenir compagnie, un vague rappel du cauchemar que je venais de vivre, et de celui qui m'attendait quand il faudrait dormir, celui d'après pour le lendemain au réveil, et la journée et la soirée d'après (les soirées sont les pires) et les nuits ensuite.

Et en même temps elle continuait à me parler, avec bienveillance même, sans vouloir me blesser et je la regardais, intensément, sans l'entendre, je voyais le temps qui avait passé depuis notre dernière rencontre, je voyais qu'elle était nerveuse, le bout de ses doigts qu'elle avait peints qui tremblaient légèrement, elle jouait en retirant et replaçant l'une de ses bagues sans pouvoir s'arrêter, je voyais qu'elle avait elle aussi vieilli, elle avait pris du poids, c'était assez visible même, vraiment pris du poids et cela m'attristait aussi. On ne peut pas être heureux de voir qu'un amour perdu a vieilli, qu'il est devenu moins beau, ça ne peut pas être une consolation, cela aussi c'est une tristesse.

16

Ce fut à cette époque que la Mirific me fit voyager, beaucoup, en Chine et en dehors, un peu partout dans la zone, et même deux fois en Californie. C'était pour rencontrer des clients et leur faire des présentations, parfois, mais le plus souvent pour assister à des conférences, des séminaires, des groupes de travail ou des rencontres d'experts, où elle m'avait, parfois, désigné comme un expert moi-même, une de ses nombreuses et mirificques esbroufes. J'étais simplement une carte dans ce gigantesque bluff payant qui constituait le cœur de son activité, et si l'on m'envoyait, moi plutôt qu'un autre, c'est parce que je n'avais pas de famille, pas de contraintes, j'étais le plus mobile, et en fait on m'envoyait aux réunions dont personne ne voulait.

Oh ils ne poussaient pas le cynisme jusqu'à dire que j'étais le dernier recours, tout simplement parce qu'ils n'avaient pas besoin en réalité de se justifier. Mais je l'ai compris et je le sais parce qu'un jour alors qu'ils m'avaient envoyé comme « expert » pour un atelier à San Francisco au dernier moment ils m'ont déprogrammé mon expertise, et c'est un *partner* (alors lui encore moins expert que moi) qui est parti à la place, j'imagine qu'il voulait vraiment voir le MoMA, ou alors il devait recharger ses miles, ou visiter la côte. Moi ça ne me gênait pas, comme je l'ai dit j'étais mobile justement parce que ça changeait rien, et ces séminaires c'était toujours une corvée de toute façon, il y avait toujours un expert coréen pour faire un PowerPoint sur les investissements, je ne sais pas pourquoi, c'est peut-être un truc atavique entre la Corée et les mathématiques, mais quel que soit le sujet le Coréen de la réunion réussissait à le mettre en chiffres, les chiffres en PowerPoint, et le PowerPoint sur les investissements.

J'en ai rencontré beaucoup, de la confrérie internationale des experts consultants, des Indiens, en général souriants et pourvus tous d'une grosse moustache noire et rectangulaire, dodelinant de la tête juste pour signaler qu'ils sont heureux, des Japonais, des Australiens pragmatiques, des Allemands, et on se demande toujours quelle fatalité pèse sur leur regard, pourquoi ? Pourquoi leur tristesse est tellement sérieuse, alors qu'ils ont fini de reconstruire leur pays, plus moderne, plus neuf et plus fort qu'avant. Des Néerlandais parfois, étrange reliquat de l'époque où ils avaient un empire sur tout le globe. J'ai même vu un Tongien un jour, dans une conférence sur le développement durable, très malin, plein de bonnes questions mais qui ne serviront à rien pour sa toute petite île qui n'aura pas les moyens de se payer les services experts de la Mirific ou de ses concurrents aussi voraces, aussi vides qu'elle.

♦

Les jours se succèdent et au bout d'un moment on n'est plus sûr du jour de la semaine, parfois je me retrouvais le vendredi sans me rappeler que la semaine avait commencé, je regardais le soir s'installer par les fenêtres de mon bureau, avec les tours et au loin les hôtels de luxe qui pâlissaient, rosés, avant de basculer en arrière dans les ombres, le bureau était vide et silencieux, je regardais les morceaux de ciel entre les bâtiments, comme une écharpe interrompue, orange, rattrapée par le bas, le fleuve mauve, toujours ce silence que je ne voulais pas déranger. Il n'y avait plus de raison pour moi de rester là, aucune raison de travailler, je restais juste pour regarder ces changements en silence. Au bout d'un moment je me trouvais debout dans la pénombre, observant toujours la nuit maintenant piquetée de lumières, les petits carrés des fenêtres brillant maintenant dans la nuit et la prolongeant, la faisant apparaître dans la profondeur comme certains tableaux où le peintre a su étager sa composition pour mettre en valeur à l'arrière-plan le paysage, un nocturne Pérugin, nocturne Poussin que je regardais en silence dans l'encadrement vitré de la fenêtre.

Je savais que je n'avais aucune raison de rester, aucune raison de partir non plus, pourtant je devais toujours à un moment rompre cet équilibre où je m'étais un instant accroché. Je ramassais mes clés et ma sacoche, je bouclais tout et je sortais dans la nuit.

Le parking était au bas de l'immeuble, sous un hangar, et en sortant du bâtiment la moiteur, l'épaisseur de la nuit m'entourait comme une enveloppe visqueuse, vivante, parfumée et étouffante. Les quelques pas que je faisais avant de retrouver la climatisation de la voiture, je traversais la nuit de ce pays telle qu'elle était vraiment, sans écran, sans vitre, sans filtre. C'était le moment de rentrer chez moi retrouver ce rien qui m'attendait.

◆

Je parlais bien depuis cinq minutes quand j'ai compris en fait que je ne l'intéressais pas, à la surface de ses yeux je l'ai reconnu, au fait que mes mots rebondissaient, mais trop vite, et sonnaient sans retenue. Sans doute avait-il déjà lu mon rapport, et certains patrons (mais ils sont de plus en plus rares) se décident uniquement sur ce qu'ils lisent, et bêtement leurs collaborateurs leur casent d'office pourtant, dans leur agenda, une réunion de présentation quand même, ou un de ces « briefings », ou une « réunion de synthèse », et certains managers s'en foutent et laissent faire, et mon hypothèse c'est qu'en faisant cela ils acceptent d'office une perte des quarante minutes qui sont mises au planning, et ils ne font par là qu'exercer leur management sur le collaborateur en question.

Ils savent qu'ils n'ont droit en réalité qu'à un nombre limité de réprimandes, ils ne peuvent pas toujours tout casser, après leur collaborateur ne prendra plus aucune initiative et ils risquent, à ce moment-là seulement, de passer à côté de quelque chose d'important qu'il aurait pu leur signaler, leur apporter. Alors ils laissent passer un certain nombre de balles, comme quand on joue contre un enfant pour ne pas le décourager alors qu'on sait qu'à la fin quand même on va lui faire perdre la partie, exprès, comme un tennisman qui ne voudrait pas décourager son entraîneur parce que dans le fond il sait que ce n'est qu'un employé, mais dont il a besoin, peut-être plus tard, pour être lui-même meilleur, et qu'il veut donc, quand il en aura vraiment besoin, avoir sous la main : docile, gonflé à bloc, disponible, et prêt à servir de toute la force de ses idées et de ses heures supplémentaires. Pour faire cela, le manager doit faire des sacrifices. Et mon briefing, je l'ai compris à ce moment-là, c'était juste l'un de ces sacrifices.

Alors j'ai continué, de toute façon la Chine ça intéresse toujours, tout le monde depuis cinq-dix ans maintenant, tout le monde a un truc à dire sur la Chine, et si mon portefeuille c'était l'Amérique latine, si la Mirific m'avait proposé de partir à Lima ou Buenos Aires, là je dois dire que j'aurais été encore moins intéressant et tous mes briefings.

Le problème avec ces réunions c'est la fin, c'est comment on conclut. Même si moi cela ne me concerne plus vraiment mon *line manager* (à la Mirific on a gardé le jargon des corporations américaines des années soixante, c'est idiot parce que c'est archaïque, mais j'imagine que c'est fait pour montrer la continuité, la force de la tradition, comme si la tradition avait une valeur dans le commerce, comme s'il y avait de l'honneur dans le fait d'enrichir les clients et les actionnaires) mon *line manager* lui c'est très important pour lui. Le mauvais signe c'est quand une nouvelle réunion est annoncée et sur le même sujet, ça c'est le pire, c'est un très mauvais signe.

Il y a aussi le cas de figure où le client (ou le directeur qui a présidé la réunion) s'en va sans faire une vraie conclusion, c'est-à-dire sans annoncer une nouvelle commande, ou si c'est une réunion interne sans donner de nouvelles directives. Si c'est un client, c'est peut-être qu'il n'est pas content et veut clore son portefeuille ou demander une autre étude, mais à un concurrent. Et là c'est le boulot du conseiller de le rattraper et de coûte que coûte le garder dans notre réseau à nous. Si c'est un directeur, c'est peut-être qu'il n'a pas compris son rôle, qui est de donner le cap, et non pas d'écouter des synthèses, même celles qu'il n'a pas demandées et qui ont été imposées par ses collaborateurs ou son adjoint.

♦

Le matin quand je m'éveillais près d'elle je levais la tête et dans l'angle de notre fenêtre (à l'époque avec Bella nous habitions au dernier étage) il y avait un trapèze bleu entre les pans de murs, un petit morceau de ciel très clair dont j'avais appris à reconnaître la figure, une forme unique et que, même à elle, je n'ai jamais montrée, mais qui pour moi est restée liée au bonheur de sa présence dès la première minute de ma vie, chaque matin, près de moi, son poids – le poids de son absence en fait, puisqu'elle dormait, ignorant qu'elle était près de moi – contre le mien, nos jambes emmêlées comme un géant de mythologie.

Quand je m'éveillais avant elle je me contentais de regarder mon morceau unique de ciel entre les pans de plâtre blanc, et de savoir qu'elle était là, aussi longtemps que cela durait cela me suffisait.

Je pense qu'elle ne l'a jamais su, n'a jamais pensé quand à son tour elle venait me rejoindre hors du cours obscur, du fleuve confus de son sommeil vers la clarté, vers la raison qui pour elle avait redisposé le monde dans la lumière et l'ordre, la distinction et les causes ; quand en venant donc dans ce monde réordonné pour elle et prêt pour son réveil elle m'y trouvait à une certaine place, elle ne pensa jamais à m'interroger, et pendant les cinq ans que nous passâmes dans ce petit dernier étage pas un instant elle ne soupçonna l'existence de mon petit morceau de ciel.

17

Certains jours sont si tristes qu'on n'y comprend plus rien, il n'y a rien à faire, il faut juste se tenir assis et attendre dans le noir, comme on attend parce que c'est la nuit et qu'il n'y a plus rien d'autre à faire. Ces jours-là il vaudrait mieux ne rien manger, ne rien faire, et dormir si on le pouvait, le plus vite possible, dormir pour que le temps s'en aille et nous laisse tranquille.

On se tient dans le noir et on regarde, on écoute la nuit, parce que d'autres personnes, au loin, en dehors, autour, habitent aussi dans cette nuit, ils la font bouger et résonner, il y en a qui rient, qui dînent, ou qui s'habillent pour sortir, des femmes qui se parfument, et ceux qui sortent à leur bras ont ce premier bonheur, il y a des gens qui applaudissent quand le spectacle est terminé, et ils pensent déjà au dîner qui va suivre, et cela fait deux bonheurs qui s'enchaînent l'un après l'autre, et parfois la journée peut être une chaîne de bonheurs comme ça, comme quand on croyait au bonheur. À la fin il n'en reste que du papier et des souvenirs, et les souvenirs se perdent et se confondent, en se mêlant les uns aux autres comme les corps des individus se mêlent en terre.

Je regarde souvent les familles, peut-être parce que je n'ai plus d'enfant, et c'est comme une parenthèse sur les pages, ils vivent une parenthèse d'où tout le reste est exclu en vérité, mais aussi du même coup, qui ignore tout le reste, et puis un par un les membres sortent de la parenthèse et on les reconnaît, ils ont l'air perdu, c'est là qu'ils découvrent qu'il y a une autre moitié de la vie, de l'autre côté de ce qu'ils connaissaient, de l'autre côté de leur parenthèse à eux qui ne valait que pour eux et pour personne d'autre, ils sont un peu hagards, désorientés, ils ont cet air perdu, ils cherchent les points de repère qu'ils avaient jusqu'ici mais c'est trop tard, et la plupart ne le comprennent pas d'ailleurs, ils cherchent et ils demandent autour d'eux comme un voyageur qui aurait perdu sa route et qui rêve d'une auberge. Plutôt d'un hôtel maintenant, et moderne et luxueux, une grande chaîne d'hôtels avec tout ce qu'il faut de rassurant et la technologie omniprésente qui fait oublier qu'on est dans un pays étranger. On est toujours dans le même pays dans ces hôtels-là.

♦

Je la regardais, posé sur mes béquilles, je la voyais entrer au bras d'un autre, rayonner, elle avait des cheveux noirs très longs, très indisciplinés, des traits fins et une jupe ample et plissée, sans doute voulait-elle masquer des hanches qu'elle trouvait trop larges, mais elle rayonnait d'une sensualité presque pure, innocente, ignorante des regards qu'elle pouvait susciter.

Moi avec mes béquilles je n'existais pas, j'étais même hors de tout état de concourir parmi les hommes qui s'étaient mis, insensiblement, inconsciemment sans doute, papillons près d'une lampe, à l'entourer. J'étais à l'écart, forcément, et le seul aussi parmi tous, je tenais mes béquilles entre mes genoux, mon tibia toujours incapable de me porter mais cela ne comptait plus, je la regardais paisiblement et de toutes mes forces, tandis qu'elle se tournait vers des amies maintenant, et sans doute leur racontant sa journée, ou un travail ou un voyage qu'elle venait d'accomplir, je pouvais la regarder comme si j'étais resté un invisible dans la foule.

À un moment je crois, un seul, il se trouva que toutes les tables toutes les chaises entre nous se trouvèrent vidées, et il y eut comme un couloir vide d'espace qui nous reliait et qui à cet instant mit en contact, plus rien n'y faisait obstacle désormais, nos deux regards. Elle me regardait avec un peu d'étonnement, je n'étais pas dans le même monde, mes béquilles, mon propre étonnement devant sa beauté, sa liberté, elle me regardait sans comprendre.

♦

Et puis je l'ai revue, Claire, six ou sept mois plus tard, j'ai essayé de lui dire mon amour, mais elle était passée à autre chose, elle avait elle aussi beaucoup pleuré sans comprendre, elle avait en vain essayé de me joindre, et puis elle avait rassemblé son courage et elle avait continué. Et maintenant elle avait rencontré quelqu'un d'autre, un type bien, qui avait deux filles d'une quinzaine d'années, un homme rassurant, et c'est ça qu'elle avait essayé de me dire quand elle me disait qu'elle m'avait beaucoup aimé et que cela avait fait dérailler mon attention et que je n'entendais plus ce qu'elle disait à cause de la douleur, juste la nuit autour de nous, la terrasse et les parcs autour de nous, les voitures qui avaient repris leur commerce de fourmis illuminées.

Elle était retournée dans la nuit, de l'autre côté de l'existence, pour y trouver un bonheur, quelqu'un qui ne lui fasse pas de mal, de surprise, quelqu'un de stable et simple, et un père de famille. Et je comprenais tout cela, comme je comprenais tout le reste, comme j'ai toujours tout compris depuis que le monde a commencé à dégringoler sur ma gueule, depuis que le monde a commencé à tomber par morceaux comme une façade qui se révèle et dévoile sa mosaïque, dans ces villes construites sur les villes antiques, et ces mosaïques-là sont blessées autant que nous quand on les regarde.

Elle était toujours aussi belle, lumineuse, l'esprit toujours aussi vif quand je l'ai revue, une âme aussi claire, et le bonheur lui faisait du bien, et je ne sais pas, bien sûr, moi je pense mais on ne le saura jamais, je ne sais pas si elle aurait trouvé un tel bonheur avec moi, pas celui-là à coup sûr.

Alors je la regardais, absorbé par sa lumière, sa bonté, je regardais et je vivais cet instant où on croise le bonheur, le bonheur des autres, le bonheur qui ne vous est pas donné mais qu'on aperçoit parfois quand même, presque pour soi. C'est ce qui reste quand on chemine de l'autre côté de la nuit, et on voit de loin les lumières, c'est comme des étoiles et on les imagine, vivantes ou mortes, mais on voit la lumière de toute façon, et pour nous elle est vivante quoi qu'il arrive puisqu'elle nous parvient et troue notre nuit de part en part.

Mais malgré ça, ou plus exactement précisément à cause de cela, cela me faisait mal de la revoir Claire, je veux dire comme un exilé qui voit les rivages de sa patrie, des photos, c'est dur et ça ne sert à rien.

Elle était embêtée Claire, elle aurait bien voulu rester avec moi un peu plus longtemps mais il fallait que je parte, il fallait que je la laisse pour regagner l'autre moitié de la nuit, de l'autre côté, là où la vie a cessé ses promesses, et commence à me parler, en me disant une partie de la vérité et l'autre partie c'est à moi de la comprendre, ou au moins de croire que je la comprends, la dire, de l'autre côté de la vie, l'autre moitié.

18

Elle portait, je l'appris plus tard, le même prénom qu'une femme que j'avais connue à la Mirific, une belle personne qui était morte traversée par un cancer comme un éclair à trente-quatre ans et je ne l'avais appris qu'en lisant un message sur le site interne, et puis ils ont affiché une petite photo dans le couloir pour dire qu'elle était décédée et penser un peu à elle. La petite photo d'elle, c'était celle qu'ils avaient utilisée pour son badge d'entrée, elle lui ressemblait bien en fait.

Elle avait été un mystère parce que je n'avais fait que la croiser professionnellement, sur un dossier et je ne me rappelle même plus lequel, mais cela m'avait frappé car elle était très gentille, intelligente mais elle ne cherchait pas à créer de difficultés, elle cherchait réellement à aider les types qui comme moi venaient avec leur dossier à faire superviser, et je ne pense pas qu'elle le faisait par calcul car cela ne pouvait très franchement rien lui rapporter, absolument, et plutôt le contraire, je me demande si son superviseur à elle ne devait pas lui reprocher une certaine faiblesse, à moins que lui-même la laisse tranquille en se disant qu'elle ne lui causerait ainsi jamais de tort, à lui, alors s'abstenant de la promouvoir pour être sûr d'avoir une collaboratrice qui ne lui savonnerait jamais la planche, la Mirific est un condensé et un miroir (une fractale plutôt) de toutes les organisations de ce point de vue, et nous n'avons pas de quoi en être fiers, et j'ai tort de dire nous car à part le nom sur ma fiche de paie je doute que je puisse me présenter sincèrement comme une partie du tout et en tout cas pas comme sa fractale, à elle la Mirific.

Alors quand je la vis pour la première fois, immobile sur mes béquilles alors qu'elle venait de faire son entrée dans le lieu de fête où les groupes avaient commencé de s'assembler, s'unir, s'élargir et parfois se disperser, se mélanger, et revenir, et dans cet instant où pour un moment elle délaissée et moi posé au coin d'une tablée aux chaises vides nous nous étions regardés, elle rayonnait comme une majesté étrangère ; quand je la vis pour la première fois elle était un peu déplacée, un peu surprise, effarouchée elle-même car je pense qu'elle n'y connaissait pas beaucoup de monde et elle avait été justement, à ce moment-là, abandonnée par ses connaissances à la faveur d'un de ces battements des grappes de convives qui rebattent les groupes et les reconstituent, comme des vols de moineaux qu'une détonation disperse inquiets, avant qu'ils ne se recomposent en un autre coin du ciel, regroupés mais ce n'est pas exactement le même voisin pour chacun des moineaux.

♦

Et les gens qui comptent pour nous, que nous aimons vraiment, ils sont à côté de nous parfois, parfois ils sont loin, ils nous parlent et ils ne se doutent de rien.

♦

Puis vint l'automne, l'hiver, cela ne fait pas beaucoup de différence ici, il n'y a pas d'hiver, il fait juste encore plus chaud, ou un peu moins chaud, les pluies changent. Ce qui nous rattache au calendrier c'est les nouvelles officielles, avec Internet on est toujours lié aux nouvelles officielles, et à un moment par exemple on se rend compte que c'est la semaine de Noël, parce que toutes les parties du monde qui parlent anglais parlent de *Christmas*. Mais le calendrier en réalité a disparu, le calendrier dans lequel moi par exemple j'ai grandi n'a plus de sens, pas plus de sens qu'un film qu'on va voir au cinéma et qui nous parle d'une époque ou d'une situation, tout révolus.

Et c'est comme ça que le temps s'écoule et on ne le voit pas, caché sous l'énergie de l'Asie, leurs cycles à eux, leurs fêtes qui ne marquent pas l'avancée du temps mais sa transformation, c'est étrange, parce que pour marquer l'avancée du temps il faut rester rattaché à une échelle de temps et moi je ne suis pas rattaché ici à cette échelle.

J'ai découvert leurs fêtes à eux, leur Nouvel An qui dure plusieurs jours parce que pour eux le passage dans la nouvelle année est un processus qui prend du temps, quelque chose change et pas une frontière qu'on franchit comme nous, comme une ligne dictée par les mathématiques, et des fêtes encore mystiques, l'eau, des cycles lunaires, mais qui ne sont pas plus vaines, pas plus assurées que les nôtres. Quand je me rendais compte qu'on était en fête à ces moments-là de l'année, je comprenais qu'il y avait une année de plus passée, une année de moins en réalité.

♦

Mais après un moment son image s'est affaiblie, effacée, et elle est repartie dans la nuit, comme moi, dans la nuit de mon côté.

♦

Parfois en rentrant de certains longs voyages, plus longs que d'autres, je retrouvais mon appartement en apparence, à la surface des choses où rien ne change, où les objets gardent leur place et leurs parties, recouverts seulement sur leur patine d'un peu de poussière, comme une peau de fin sable, un vestige mais en dessous rien n'est comme avant, tout un peu plus vide, un peu plus désert, l'écho qui résonne plus fort est un subtil indice, dans le silence.

19

Alors, on pense aux amours perdus, aux disparus, à ceux qui ont franchi le cours pour aller d'un autre côté, et nous ont laissés seuls, ils sont plus heureux comme cela, plus heureux, en tout cas, que nous. Et nous aussi nous les avons abandonnés, nous avons cessé d'être leur bonheur, leur allié pour l'atteindre, leur compagnon pour ne pas être seul devant la nuit. Doux corps disparus que la mémoire pare de toutes leurs vertus, et des bonheurs qu'ils auraient pu nous apporter, ils auraient eu ce pouvoir, transformer magiquement la vie en une fête qu'on peut simplement goûter, chaque moment comme une fête qui dure aux contours, aux couleurs, aux raisons différents, chaque moment est une raison d'être heureux.

Gentils fantômes qui ont poursuivi leur chemin, nous dépassant, dépassant notre peine (et dans certains cas, la leur) et trouvant le bonheur en un autre endroit, près d'une autre personne, sous d'autres latitudes, parfois. Certains sont morts à cette heure, peut-être, et je suis le seul, j'en suis sûr, à les pleurer, bien seul, et bien plus que ceux qui étaient avec eux à la fin, parce que seul moi sais l'exact calcul, l'exacte beauté de ce que nous avons perdu, de ce qu'ils ont dû abandonner, de ce qu'ils ont perdu en tournant le dos à ce côté-ci de la route, et cette quantité de malheur qui fut rajoutée dans la vie.

J'ai moi, une place pour chacun d'eux dans ma mémoire, une place pour leur beauté et pour leurs vertus, comme nul autre ne peut les connaître et dont nul ne songerait à les parer, une place où pardonner leurs fautes, et où les miennes, le mal que j'ai pu leur faire, pèse par contraste de tout son poids sur mes épaules, à moi, tandis qu'ils s'élèvent, légers gentils fantômes du souvenir, et du regret du bonheur que nous avons tout détruit.

♦

Je ne me rappelle plus au juste comment cela a commencé. Peut-être pendant la nuit, sous la forme de cauchemars, de monstres. Et le jour venu, je me rappelle que je me suis senti mal assez soudainement, une fièvre très forte, soudaine, ma tête remplie de coton. Et une nausée permanente, les jambes faibles. Et je préférais rester assis. On m'a envoyé à l'hôpital, en urgence, très rapidement ils m'ont fait une prise de sang, puis laissé dans la salle de consultation. Elle était fermée par une sorte de rideau en plastique comme un accordéon gris, et j'entendais l'animation des urgences, de l'autre côté, allongé dans ma pénombre et ma fièvre, heureux de ne pas être debout, avec en arrière-plan l'angoisse de ne pas comprendre ce qui m'arrivait, que ce soit grave en fait. J'avais guetté sur le visage du médecin, de l'infirmière, un signe rassurant, regardé si eux ils comprenaient, s'ils reconnaissaient les symptômes. Mais ils ne m'avaient rien dit, ce n'était pas bon signe, leur visage était fermé, ils se concentraient sur leur problème, qui était de comprendre ce qui m'arrivait, et ça, ça voulait dire qu'eux non plus ils ne savaient pas, malgré toute leur science et leurs appareils et leur expérience, et là je commençais à être vraiment inquiet, et seule la fièvre, cette fatigue écrasante, m'empêchait d'être vraiment terrorisé. En fait ils étaient, peu à peu, aussi inquiets que moi.

Ils étaient partis bien embêtés en me laissant seul. Et j'étais allongé, couvert de sueur, et baigné, au fond de mes vêtements, dans la moiteur de la sueur qui les avait imprégnés depuis ce matin, et j'évitais de bouger pour épargner la douleur dans ma tête à cause de la fièvre, et j'attendais. J'étais allongé comme un gisant, les pieds tournés vers l'entrée de la petite pièce de consultation, parce qu'après la première prise de température, après les premières questions ils m'avaient tiré du couloir où ils avaient mis le brancard à mon arrivée, ils m'avaient conduit dans cette petite pièce-là.

J'étais dans la pénombre et j'aurais presque pu dormir mais quelque chose m'en empêchait, un frissonnement dès que je touchais au sommeil et je voulais demander une couverture mais je ne savais pas comment appeler, ma bouche était sèche, et rauque comme si j'étais muet.

La seule lumière entrait par le bas de l'accordéon, parce qu'il était trop court pour atteindre le sol. Je voyais les ombres passer en dessous, je reconnaissais ces sabots de caoutchouc que portaient les infirmières, les chaussures des médecins, lents ou pressés, d'autres. J'entendais les voix, des sonneries, des annonces. J'étais avec eux tous, tout à côté d'eux mais de l'autre côté de la vie déjà, emmuré avec ma fièvre, mon ignorance et mon angoisse, et je comprenais à quel point ce qui me retenait à eux était ténu, et se trouvait dans ces petits tubes remplis de mon sang qu'ils avaient emporté avec eux, et en fonction de la réponse de l'oracle, de l'énigme qui s'y trouvait encore, enfermée et chiffrée et menaçante, ce fil pouvait être cassé net, ou me ramener au monde rassurant d'avant, des vivants, le monde d'où j'étais venu avant d'échouer sur mon étroite banquette dans la petite salle d'examen, dans ma caverne, à l'ombre de l'autre côté de la vie.

Puis l'accordéon se contracta et l'infirmière est revenue, elle était très douce, elle me demanda comment je me sentais, elle était venue pour reprendre ma température et je ressentais une gratitude immense de voir que quelqu'un avait pensé à moi, elle s'était souvenue de moi au milieu de ce monde peuplé de sonneries, d'appels, de malades entrants et même, je le voyais maintenant que l'accordéon était tiré, de policiers qui venaient accompagnant des hommes en menottes. Ma température n'était pas bonne, je l'ai compris en regardant son visage et puis à sa gentillesse, elle me demanda si j'avais besoin de quelque chose et dit que je devais attendre, et je ne lui ai pas posé de question parce que j'étais trop fatigué, et je ne voulais pas lui faire de la peine en la forçant à me dire qu'elle n'avait pas la moindre idée sur ce qui m'arrivait. Alors je lui ai juste dit que j'avais très soif et que j'avais froid. Elle m'apporta un gobelet d'eau avec une paille, et l'eau me fit beaucoup de bien mais réveilla la nausée aussi, et puis elle étendit sur moi une mince couverture grise, mais je compris qu'en faisant cela elle avait vu à quel point j'étais trempé de sueur, elle avait touché mes vêtements, et je vis tout de suite que cela aussi l'inquiéta.

Elle me redemanda si j'avais besoin de quelque chose, et je lui ai fait un sourire pour qu'elle sache à quel point elle m'avait fait du bien, à quel point elle m'avait pour quelques instants rattaché à la vie malgré la fièvre, la faiblesse et la peur. Elle repartit en me disant qu'elle allait chercher le médecin, et je retournai dans la pénombre, avec mon spectacle de formes passant au ras du sol, de sons de l'autre côté de la paroi, comme le prisonnier qui reconstitue tout à partir des figures qu'on lui laisse voir. Mais ces souvenirs n'avaient plus le pouvoir de me rassurer.

Je continuais à essayer de dormir, jusqu'à ce que les frissons me fassent sursauter et me réveillent. Et je me retrouvais dans ma pièce, au secret, sous une couverture que j'essayais de tirer plus haut sur moi, et je voyais que cela était un grand effort pour mes mains qui étaient devenues faibles comme celles d'un enfant qui sommeille, et la couverture aussi était devenue moite. Ceux que j'avais quittés le matin même, ceux qui m'avaient connu avant le début de ce cauchemar, avant qu'il ne s'installe sur moi et me force maintenant à être cet enfant tremblant et couvert de sueur, ils me paraissaient déjà très loin, j'avais encore ma montre mais je n'avais pas envie de la regarder, je savais que le résultat n'aurait eu aucun sens, le temps avait cessé de correspondre aux unités de compte de la raison, de la vie. Le classement normal et organisé de la vie, qui ne s'applique pas à la maladie. Je ne savais pas combien de temps s'était écoulé et je n'avais pas faim, seulement soif mais mon gobelet était vide depuis longtemps.

Quand le médecin est venu avec l'infirmière derrière lui, j'ai tout de suite vu deux choses : qu'il était vraiment embêté, un peu soucieux même, et qu'il allait me parler. L'infirmière, elle a tout de suite vu mon gobelet vide, et avec la même douceur d'âme que j'avais commencé à voir en elle tout à l'heure elle l'a tout de suite rempli pendant que le docteur me parlait.

Je me rappelle plus exactement, mais il m'a posé une série de questions, et certaines me paraissaient bizarres, il me demandait si j'avais été en prison, si je prenais de la drogue par intraveineuse, si j'avais été infidèle, si j'avais fait des voyages dans des pays exotiques, en Afrique, et moi faiblement je disais non et non, et il insistait en me garantissant que tout ceci était confidentiel, et il insistait du côté des rencontres sexuelles extraconjugales et je lui disais non non. Il était bien embêté. Il me parlait de mes voyages, de l'Afrique et je disais non. Et pas fait de prison non plus ? L'idée me paraissait bizarre et je disais non. Et il me dit que ce qui l'embêtait c'est que mon visage était enflé, et moi je ne comprenais pas, mais il sortit un petit miroir tout rond de sa poche et il me montra, et mon visage était tout gonflé comme si un boxeur m'avait arrangé, mais pas d'ecchymose, juste enflé et un peu jaune, et je compris pourquoi je me sentais aussi bizarre aussi, et mes paupières étaient tout enflées aussi fermant presque mes yeux. Il me dit qu'ils allaient me reprendre du sang, mais que j'allais devoir rester, mais pas aux urgences, ils allaient me trouver un lit pour m'hospitaliser.

Moi j'ai rien dit, dans cette histoire je n'étais plus maître de grand-chose, je l'avais bien compris, mon pouvoir s'arrêtait à tirer un peu plus haut la couverture sur moi quand j'avais trop froid ou tirer sur ma paille pour avoir un peu d'eau, mais pour le reste en réalité je dépendais d'eux, de toute la science et du matériel, de leur expérience accumulée et de l'organisation qu'ils pourraient mobiliser pour me ramener dans le monde des vivants, un monde ordonné, rationnel et rassurant que j'avais connu et d'où je venais, que j'avais quitté ce matin même mais dont j'étais pour l'instant exclu, à cause de cette énigme cachée dans mes tubes remplis de sang jusqu'à ras bord, comme des bâtonnets de framboise secrètement empoisonnée ; et qui m'avait exilé de la patrie des vivants, pour m'envoyer ici, dans ce monde où le temps avait changé de forme, et où le monde se cantonnait à mes gestes, lents et faibles et si peu ambitieux, et aux spectacles que je regardais, témoin muet, immobile et oublié dans ma petite caverne au rideau de plastique.

Avant de me monter ils sont revenus, à plusieurs, plusieurs médecins cette fois, et toujours mon infirmière, mon humble bienfaitrice, elle restait en arrière elle ne faisait que les accompagner, et l'un des nouveaux médecins avait l'air d'être le chef et il me parla d'un air un peu grave, il me dit en fait la même chose que le précédent, qu'en fait ils ne comprenaient pas ce qui se passait, pourquoi j'étais malade, les petites burettes de sang n'avaient pas livré l'énigme, on ne comprenait pas ce que j'avais mais j'avais trop de fièvre et puis il y avait ce visage enflé (c'est un œdème m'a-t-il dit) et il fallait m'hospitaliser, et je serais bien installé là-haut, mieux qu'aux urgences, et donc on allait m'emmener.

De mon côté je n'ai pas dit grand-chose, je regardais ma bienfaitrice qui avait l'air embêtée pour moi mais comme il y avait le chef des médecins elle écoutait sagement pour ne pas rater s'il lui donnait un ordre, et moi j'espérais qu'au moins c'est elle qui m'emmènerait là-haut, parce qu'au milieu de tout ça j'avais ressenti de la bonté quand elle avait essayé de s'occuper de moi. Elle a rempli encore mon gobelet d'eau, elle m'a demandé si j'avais encore froid, et comme j'ai dit oui elle m'a dit de ne pas m'inquiéter et un peu après (les médecins étaient partis avec un air ennuyé et même vraiment inquiet) elle revint avec une deuxième couverture, mince et grise comme l'autre et elle m'a bien recouvert. Je lui ai demandé si c'était grave ce que j'avais et elle m'a dit que les médecins étaient inquiets parce qu'ils ne comprenaient pas pourquoi j'avais si peu de globules blancs et elle m'a donné un chiffre et une partie de l'énigme qu'ils avaient trouvée dans mes petites éprouvettes de sang c'était ça, mais une partie seulement, parce que la cause ils ne l'avaient pas trouvée.

Elle a dit qu'une infirmière allait venir me chercher pour mon hospitalisation, et je n'ai pas osé lui dire, je n'ai pas osé lui dire que j'aurais préféré que ce soit elle, mais j'ai eu le courage de lui dire merci pour tout ce qu'elle avait fait pour moi, et en disant ça je lui ai fait un sourire. Elle a souri, un sourire qu'on n'oublie pas, parce qu'on voyait qu'il était désintéressé, le sourire de quelqu'un qui sait bien qu'il ne vous reverra plus, plus jamais, mais qui veut quand même vous donner un sourire, sans retour, sans contrepartie, sans rien.

♦

Et puis elle est partie, après j'ai dormi je crois, parce qu'avec la deuxième couverture la vague de frissons quand je m'endormais, j'arrivais à la passer, et c'est les autres infirmiers qui m'ont réveillé quand ils sont venus me chercher pour me faire monter, vers l'hospitalisation.

20

Dans la ville où j'habite, il y a un fleuve. Je le sais parce que la nuit, parmi les grains de lumière blancs, jaunes, orangés, certains se déplacent comme en flottant dans le noir, ils scintillent et vacillent très légèrement, comme un homme pris de boisson, et on sait que c'est les lumières de l'autre bord du fleuve, et pour les autres, les crêtes qui couronnent les barges comme des guirlandes pour les bateaux de touristes. L'eau est sale et terreuse, couverte le soir de fragments verts des bambous repoussés contre les jetées, et pourtant on voit les flancs de poissons effleurer la surface, gris et blancs, et de petits poissons, bien plus menus, piqueter l'eau par zones entières.

Moi, c'est la nuit que je préfère le regarder le fleuve, comme une nappe de fête pour une table à laquelle je n'aurais pas été convié, mais je peux la regarder, goûter chaque nuance de lumière, chaque jeu de couleurs, et cela me suffit, c'est plus qu'assez pour moi.

Parfois quand je repensais à Claire tout perdait sens, aussi simplement que ça. Quand le souvenir d'un geste, d'une parole trouait par surprise le voile de ma mémoire et se présentait à nouveau, immédiat et nu, évident, désirable, je ne voyais que ce que j'avais à jamais perdu, et tout par ma faute cette fois. Je ne pouvais plus dire que c'était un malheur tombé du ciel, ou une surprise de l'âme qui s'abîme comme pour Bella, non ce malheur-là je me l'étais construit tout seul, et puis le sien ensuite, et maintenant c'était à moi de vivre avec et puis tous les regrets. Il n'y avait pas un atome de sa bonté qui ne me blessât à présent, simplement parce que je savais qu'il avait existé, pour moi seul, j'aurais pu en jouir encore, me baigner dans son amour, sa beauté et son dévouement. Mais il avait fallu quitter tout cela et repartir dans la nuit, seul, de l'autre côté du fleuve où oscillent les lumières ivres de remords.

♦

Par moments la Mirific m'envoyait dans des conférences internationales, c'est comme les colloques mais avec plus d'argent, et aussi il y a en général des représentants que les États envoient. C'est lourd les États, c'est lourd et c'est lent et inexorable, en général ça comprend moins vite que les sociétés privées, les entreprises, et surtout c'est dangereux, c'est comme les rhinocéros au fond.

C'est dangereux parce que dans toute chose ils ne voient que le pouvoir qu'ils peuvent exercer, peut-être parce que quelle que soit la manière dont les individus qui les dirigent ont été désignés (ou se sont désignés, après tout) ce qui les domine eux-mêmes c'est le pouvoir qu'ils peuvent exercer.

Alors il faut faire attention parce qu'on vit au milieu des rhinocéros, alors que les entreprises, comme la Mirific c'est simple, c'est juste de l'argent, avaler de l'argent qui compte, et pour l'avaler il faut le produire si on veut, ou aller le chercher, mais c'est inoffensif et égoïste, comme un poisson exactement. Ça cherche, sous chaque recoin d'algues, près des rochers, plus loin, ça invente beaucoup plus vite qu'un rhinocéros, ça observe tout avec ces grands yeux posés à plat comme des cercles dessinés par des enfants, et ça trouve toujours un moyen d'avaler du plancton.

Dans ces conférences la Mirific avait plutôt un statut d'observateur, toujours pour regarder où se trouvera le plancton de demain comme je vous dis, et regarder les autres poissons, et comprendre aussi ce qui se passait dans la tête des rhinocéros, de quel côté ça va piétiner, ce qui se trame dans leur petit crâne qui brandit tout son jeu ridicule et dangereux de cornes.

♦

Et c'est sûr dans ces moments-là si je pensais à elle il n'y avait plus trop de sens, les matins surtout quand j'imaginais ses réveils, je m'efforçais de chasser ces pensées, l'esprit est une sale chose parfois et n'est pas votre allié. Et on cherche un appui ailleurs et on ne le trouve pas, si le cœur n'y est pas il n'y a pas d'appui.

Et les anniversaires ont commencé à glisser, et puis à la fin c'est un jour comme un autre, un jour qu'on oublie à force de n'avoir personne pour vous le souhaiter, personne avec qui le partager. On en oublie l'année qui passe et on écrit la date sur un chèque, un formulaire ou un mail sans que cette date qui a un sens particulier pour soi, et soi seul, la date de notre enfance, la première date qu'on ait apprise, sans que cette date vous soit encore familière. C'est devenu quelque chose d'étrange, d'oublié, le souvenir d'un bonheur un peu vague, qui s'est effacé dans le temps, c'est devenu le privilège des autres, et nous on l'a perdu, et ce n'est pas grave parce que ce n'est en soi qu'une conséquence, rien de plus.

Je me tiens devant la fenêtre et la ville immense se met à briller devant moi, en son silence, ses illuminations comme des marqueteries jaunes sur les fragments d'immeubles, de rues, les feux rouges qui clignotent au sommet du Vista pour prévenir les hélicoptères, la barre de néon sanglante du Regency, ces morceaux de pierres vives qui entrent par la fenêtre et viennent déposer leurs lumières sur mon corps, tandis que je les regarde, en silence, que l'immense ville scintille et brille dans la grande nuit de ma chambre.

21

Dans la chambre où ils m'ont installé, il y avait de l'autre côté d'un rideau de Nylon bleu un autre malade, il ne parlait pas ma langue mais par la suite nous avons réussi à échanger quelques mots en anglais quand je n'étais pas trop faible, entre deux fièvres, deux malaises vraiment, son cas était très différent du mien, très inquiétant mais lui ils savaient ce qu'il avait.

En me montant ils m'ont fait déshabiller, pour me mettre une sorte de voile qui ne se fermait pas derrière, comme un carré de vergue, une demi-chasuble blanche avec des petits motifs bleus, je n'en avais jamais vu que dans les films et maintenant il y en avait une sur moi pour de bon, comme si je me trouvais en prison à force de regarder des films de gangsters.

En étant un instant nu j'ai vu que tout mon corps était couvert de sueur, et un peu jaune et ça aussi ça les a tous inquiétés. Moi je notais ça mais j'étais tellement fatigué que ça ne m'intéressait pas plus en soi. Je les laissai faire en essayant de déboutonner mes vêtements mais mes doigts avaient encore moins de force que tout à l'heure.

Et ils m'ont allongé dans un vrai lit cette fois, pas le brancard roulant des urgences, avec une commande ils ont surélevé le buste du lit, ça me gênait plus qu'autre chose mais j'ai compris qu'ils l'avaient fait exprès ils ne voulaient pas que je sois à plat, et ils m'ont bien recouvert, et ils ont posé une intraveineuse dans mon bras droit avec un sachet pendu comme une vessie de plastique remplie d'un liquide transparent sur une mince poterne de métal à côté de mon lit. Je n'avais pas faim, je voulais juste dormir mais avec le buste droit fait exprès j'avais du mal, et ils m'ont expliqué que si je n'arrivais pas à manger (je n'avais rien mangé depuis le dîner de la veille, et à ce moment-là j'ai compris qu'on était arrivé maintenant en plein après-midi et que le temps avait disparu, et c'est l'effet que font les hôpitaux et les maladies) ils devraient me nourrir par une autre intraveineuse et pour eux c'était vraiment très mauvais et ils voulaient vraiment l'éviter, moi ça ne faisait pas beaucoup de différence. Ah et j'avais de grandes crampes aux intestins qui ont débuté aussi, en bas je crois pendant que j'étais aux urgences, et ça aussi comme la fièvre ça allait en s'accélérant.

Mais je n'avais rien mangé depuis la veille et quand je leur ai décrit le menu (ça faisait partie des multiples interrogatoires qui s'étaient répétés) j'avais beau leur dire il n'y avait vraiment rien là-dedans d'explicatif.

♦

Il avait été blessé en travaillant, et ils l'avaient opéré ici, mais maintenant il avait contracté un staphylocoque, ces cauchemars qui résistent aux meilleures armes qui nous restent, il n'arrivait plus à s'en défaire, ils le gardaient pour lui injecter des doses de plus en plus massives de nouveaux antibiotiques, de nouveaux types, il s'était résigné, il était très patient et passait toutes ses journées torse nu, en caleçon tant il avait chaud, regardant sa télévision.

Il était très gros, de cette obésité des gens aux moyens très modestes, je crois que c'est l'assurance de sa compagnie qui lui permettait de se payer les moyens de cet hôpital, il serait mort depuis longtemps sans cette clause dans son contrat. Je n'avais pas très envie de lui parler (je ne pouvais pas me concentrer longtemps, ça me fatiguait de faire simplement plus que ressentir, et regarder, essayer de suivre le cours des événements, j'étais dépouillé de tout le reste, de toutes les curiosités, toutes les pensées plus sûrement encore que de mes vêtements) et lui non plus n'avait pas très envie de me parler, je dérangeais ses habitudes. Il était là depuis si longtemps, il avait dû espérer qu'il aurait la chambre pour lui tout seul, comme un dérisoire supplément de confort dans sa misère, que le second lit resterait vide, et maintenant il lui fallait partager les toilettes, la salle de bains.

Sa femme venait le voir un jour sur deux, blonde, très grosse elle aussi, elle lui apportait de la nourriture du dehors de temps en temps et ils mangeaient ensemble, et les autres fois il commandait pour elle aussi (on avait un menu sur notre table de nuit, à côté de la télécommande et du bouton d'alerte pour l'infirmière), elle entrait et me disait un mot par politesse et puis ils tiraient le rideau et je ne voyais plus que ses pieds nus et enflés (par une conséquence de l'infection généralisée) au bout du lit, qu'il laissait hors des draps parce qu'il avait très chaud, peut-être la fièvre ou l'infection lui aussi. Ils mangeaient avec de longs silences entre les phrases, elle le poussait à faire un procès à l'hôpital, lui il mangeait en silence, il voulait pas trop d'histoires, je pense qu'il voulait guérir avant tout, et en même temps ça faisait si longtemps qu'il était ici, si longtemps que le temps lui avait été retiré, en entrant dans cet hôpital avec ses vêtements qu'ils lui avaient pris en même temps, son point de vue devait forcément avoir changé, elle ne pouvait plus tout à fait le comprendre, lui.

♦

Le soir tombe rapidement, presque tristement, en ombrageant ses bandes et commençant par le haut du ciel. Bientôt dans la chambre on cesse de distinguer les contours nets des objets, des meubles sur lesquels ils sont posés. Les angles des immeubles, la grande corne du Vista sont happés par le haut, et commencent à partir dans la nuit. La lumière s'est rapprochée de la ville, s'est rapprochée de nous, comme si nous avions le pouvoir de la sauver un seul instant, et ce bandeau clair se rapproche et se laisse gagner par une teinte orangée avant de tourner lui aussi, mauve, turquoise, bleu et de devenir violet comme une méchante fracture, un hématome universel violet et noir qui s'étend.

22

C'était la nuit que je préférais pour venir m'entraîner, d'abord je n'avais pas le choix parce que la Mirific aime bien les horaires massifs, et puis la nuit il y avait peu de monde, et des scolopendres larges comme des doigts poilus d'ogre traversaient les tapis, près du ring, se dandinant dans leurs anneaux sans se presser, tandis que notre sueur coulait près d'eux. Dans une ville où il fait 38 degrés au matin faire de la boxe en plein air c'est suicidaire, me disait-on, mais je n'étais pas d'accord, la boxe c'est comme l'amour simplement.

On est seul face à sa peine, son doute, sa souffrance, et personne ne viendra nous aider, c'est à nous de nous arranger, il faut tenir jusqu'à la fin, accepter de souffrir et c'est comme ça que ça passe, et ne pas boxer sur les talons, même à bout de souffle il faut rendre coup pour coup, soit on tombe soit on finit debout, et même si on est marqué il faut toujours vouloir finir debout, ça aussi on l'apprend. On n'arrête jamais volontairement, de toute façon quelque chose sera toujours là pour nous en empêcher.

Les murs autour de la cour étaient couverts de verre brisé, de tessons de bouteilles en miettes, pour nous isoler encore un peu plus, et le reste de la ville continuait à rouler et vivre juste à côté, de l'autre côté, pendant que nous tenions notre douleur dans notre poitrine, nos bras, nos cuisses, nos mains. Le lendemain j'avais parfois du mal à tenir un stylo, à taper sur mon clavier d'ordinateur, à cause des phalanges, des jointures.

À la fin, quand j'ai vaincu la première séance, je venais tous les soirs, et les bleus ont commencé à disparaître, ou je ne les sentais plus de toute façon.

♦

Quand la saison des fêtes approche il est possible de trouver des parties qui échappent, en apparence, à l'Asie, mais en apparence seulement, qui adoptent un américanisme de façade, les Starbucks qui passent en boucle des chansons de Noël américaines, les mêmes, en boucle, de manière appliquée et soigneuse, et ridicule comme ces bonnets de lutins que les serveuses chinoises sont obligées de porter, pour donner leurs tasses de café aux noms aux consonances italiennes que les *marketing men* de Seattle ont jugées les plus efficaces, les plus prometteuses pour les profits sur toute l'étendue de la planète, et que ce soit à Détroit, à Paris ou Rotterdam, ou Tokyo ou Shanghaï, c'est le même *latte* qu'on commande et qu'on boit, sauf qu'ici ils ajoutent quand même sur la carte ces tasses de thé vert et moussu dont ils raffolent plus en réalité que le café construit sur concept de l'État de Washington.

Et ce n'est pas tant la technique qui enserre et compresse la planète autrefois si étendue, si inconnue, la technique le rend possible bien sûr, mais c'est juste le commerce, l'idée et l'invention et l'ambition de l'argent, comme un vent qui ne cesse de souffler dans le dos des gens qui marchent, des manteaux et des chapeaux que le vent pousse dans les rues sans cesser un instant et fait avancer, et avancer, et si un jour on trouve une nouvelle planète on y exportera nos espoirs de profits, les calculs établis et indéfiniment compilés par la Mirific et les autres ; et en plus, en passager clandestin dans la première cargaison et le premier cargo en route, à moins qu'il s'agisse d'un destroyer (et ce sera sans doute d'abord un destroyer, sauf si c'est un destroyer sans pilote, et ce sera sans doute comme ça que ça commencera) nos rêves et notre ombre et notre propre tristesse.

♦

Avec le temps, car c'est toujours cela, son image commença à s'effacer, en fait la souffrance se dévore elle-même comme ces cellules qui se nourrissent de leur propre enveloppe, et au bout d'un moment on se tourne juste vers autre chose, parce qu'il n'y a plus rien à dévorer. Le temps nous a tournés vers autre chose, une autre partie de la vie parce qu'à force d'amertume l'amertume n'a même plus de goût.

Claire est partie comme ça, toujours aimée, emportée pourtant vivante dans le linceul du temps, toujours debout, toujours capable de provoquer cette électrocution de la souffrance dès que la mémoire la touche, et le regret reste sur la main comme une cicatrice de brûlure, la vie qui n'a pas eu lieu, et à laquelle on pense quand par un angle de la fenêtre on est surpris de voir qu'un morceau du ciel est redevenu bleu, comme ce morceau de ciel que je regardais, entre les pans du plâtre, au matin, ces matins de paix avant que ne débute l'autre moitié de ma vie, avant tout cela.

23

Mon visage continuait à enfler et ils ne comprenaient pas pourquoi, ils m'avaient posé une nouvelle intraveineuse parce qu'ils avaient peur que je me déshydrate et je pense qu'ils avaient mis aussi autre chose dans la poche de plastique sur la potence mais ça je l'ai déduit à leur visage et à ce qu'ils se sont dit rapidement quand ils ont pendu la chose, cet air douteux qu'ont les médecins quand ils ont pris la décision que mentir est pour votre bien.

En tout cas cette intraveineuse-là était plus lourde il y avait plusieurs tubes et cela m'obligeait à tenir mon bras droit presque hors du lit, et j'ai essayé de le dire, me plaindre parce que c'était inconfortable, et aussi un peu douloureux il faut dire, je ne sentais plus tellement mon bras et surtout à force de ne pas le bouger, ils m'ont dit qu'il le fallait (ils n'ont pas rajouté que c'était pour mon bien mais ça voulait dire ça, alors cela a dissipé tous mes doutes de tout à l'heure).

Et avec l'intraveineuse mon bras aussi s'est mis à enfler, et mon visage était toujours jaunâtre, et les docs sont passés deux fois, celui de la veille et un autre encore plus gradé et avec les mêmes questions, un peu plus rapidement simplement, et avec la même incompréhension et pour finir incrédulité même, et aussi un peu l'inquiétude pour moi comme la veille. Mais ils disaient que j'étais stable, c'est-à-dire qu'avec ce qu'ils me donnaient la fièvre avait cessé de monter en flèche, mais elle restait stable, parce que les globules blancs continuaient à baisser pendant ce temps, et puis il y avait la faiblesse et aussi les crampes des intestins.

Et la première journée est passée comme ça, dans la blancheur du temps qui n'a pas de repère, pas de critère ou d'action à faire, à un moment (et je déduis par là que ce fut à peu près le moment où la moitié de la journée fut passée) ils m'ont dit que je devais prendre quelque chose pour déjeuner mais je n'avais pas d'appétit et ça non plus ça n'était pas bon. Alors j'ai choisi un truc que j'ai à peine touché et j'étais tranquille et je suis reparti dans ma journée toute blanche de vide de sueur et d'ennui et de somnolence, et franchement j'aurais pu dormir comme une masse, toute la journée d'une traite sans mon bras enflé et incommodément mis en angle presque hors du lit.

Quand le jour a commencé à décliner on a eu la même scène pour manger encore une forme de dîner symbolique, et la nuit est venue et tout s'est ralenti, moins d'infirmières, moins de passage que je voyais par la porte ouverte juste derrière les pieds nus jaunes et gonflés de mon voisin derrière son rideau, mon voisin s'est retrouvé seul lui aussi avec sa télévision. On m'a demandé de me lever pour me laver les dents, avec un petit kit dans un sac plastique où tout était prévu, mais je n'avais pas envie de me lever.

J'avais les jambes trop faibles, on se fait à la faiblesse et on s'y abandonne presque avec volupté, et c'est le danger comme les sirènes, l'infirmière a insisté, elle m'a aidé jusqu'à la salle de bains parce que sans elle je ne sais honnêtement pas si j'aurais pu me lever ou alors avec la lenteur non feinte des vieillards. Quand j'ai quitté mon lit, tout incrusté de sueur j'ai croisé son regard, d'un coup d'œil rapide elle a vu le sarcophage que j'avais creusé dans les draps, jauni et moite par toutes les sueurs de la journée et là elle l'a masquée trop tard son inquiétude, et je savais déjà qu'elle allait rapporter ce qu'elle avait vu là au docteur, et tout ça allait finir dans une plus grosse intraveineuse encore, un bras enflé encore plus.

D'ailleurs pour me laver les dents j'ai utilisé la main gauche, les doigts de la main droite étaient devenus trop gros et maladroits, j'ai juste posé le tube de dentifrice dévissé dedans mais même la pression pour faire sortir la pâte était bizarre parce que si les doigts étaient gros ils étaient faibles en même temps, toujours le mystère, et j'avais du mal à fermer la paume.

Après elle m'a laissé, les intestins et tout ça c'était une catastrophe je lui ai dit, et je lui avais dit toute la journée, et elle m'a donné un pot et des spatules de bois comme celle qu'on utilise pour baisser la langue et regarder le fond de la gorge pendant les consultations, mais là je devais m'arranger pour réussir à constituer un échantillon et lui donner le pot qui partirait à l'analyse pour comprendre parallèlement aux analyses du sang qu'ils m'avaient pris.

Je l'ai fait ça, plusieurs fois pendant la nuit quand à cause des crampes je devais me lever, dans la lenteur et l'hypnose de la fatigue et l'insomnie, je marchais lentement tout seul cette fois en traînant ma potence et mes gros fils, en faisant attention à ne pas trop faire saigner les prises de l'intraveineuse, et au fond je l'ai fait parce que j'avais compris que personne ne viendrait m'aider si je ne le faisais pas tout seul ; et lentement, très lentement comme un escargot géant muet blessé et en chasuble, aussi ridicule et faible et lent, je me suis glissé, la main gauche posée de meuble en meuble vers la salle de bains, à pelleter avec mes spatules au milieu de la nuit, au milieu de nulle part où personne ne me voyait, ne me connaissait, au milieu de personne, comme un fantôme ralenti et malade qui a atteint le bout de sa propre solitude, qui collecte sa propre misère.

24

Et au début je suis sûr qu'ils m'ont pris pour un fou, sans trop le montrer bien sûr parce que l'argent les intéressait, mais avec un peu d'amusement, se demandant combien de séances ils pourraient me faire payer avant que je jette l'éponge, ou plus lâchement que je cesse de me montrer, le soir, pour venir m'entraîner dans la nuit sombre et étouffante où les scolopendres sortaient prendre le frais pendant que nous nous entraînions avec notre peine.

Et je ne parlais pas leur langue bien sûr, et cela aussi ça les intriguait parce que j'étais le seul Occidental à venir, à passer l'entrée de la cour, au milieu de cette ville polluante et étouffée de chaleur du matin au soir, et comment se demandaient-ils sans doute avais-je pu apprendre l'existence de leur salle, qui était visiblement réservée aux locaux. On se comprenait par signes et j'ai appris un ou deux mots, et de toute façon quand ils me demandaient (sans doute) ce que je faisais là c'était impossible de leur parler de la Mirific et ses esbroufes ou leur expliquer mon travail dans ce système, ça leur aurait semblé encore plus fou, plus stupide que ma simple présence sur le ring.

Pourtant, en me voyant revenir (et les premières séances, en me voyant continuer à la limite de l'évanouissement, du malaise, à bout de souffle et punchant à la fin avec autant de faiblesse que quand je tirais la couverture sur moi, malade et couvert de sueur dans ma petite salle d'urgences) à force de ne pas me voir jeter les gants, et aussi ne pas avoir d'attaque cardiaque, leur étonnement s'est estompé.

Au bout de quatre ou cinq mois, j'étais devenu une partie de la salle, une partie différente et rapportée d'ailleurs, mais acceptée à force de sueur et de souffrance, et de ténacité, et ce n'était pas du courage mais juste de l'obstination, un obscur et muet entêtement, sans motif, sans mot pour l'exprimer (et en tout cas pas avec eux dont je ne partageais pas le langage) ; juste une sombre obstination comme quand je refusais d'oublier Claire et le mal qui s'attachait à elle et à moi, quand je refusais d'oublier Ariane ou tous les autres, tous ceux qui restaient emprisonnés dans les tissus de ma mémoire, la pulpe de ma vie d'avant, cette vie que je refusais aussi de laisser disparaître dans la nuit comme si elle n'avait jamais existé.

Je repartais à pied, à l'heure où ils s'installaient pour manger (du riz, des brochettes, du porc, parfois du poisson), juste là, au bord du ring, et parfois certains instructeurs commençaient à manger pendant que nous nous entraînions.

♦

Tout ce qu'il y avait dans mon appartement finissait mité, les fringues, les paquets de nourriture et de café, il fallait tout mettre dans le réfrigérateur pour les protéger, les cigarettes. Parfois je trouvais des lézards dans ma baignoire verdâtres et filants, des cafards aussi un peu partout, on m'expliquait que c'était normal. Pour les cafards j'étais pas d'accord, je me mis à pulvériser partout les trucs chimiques conçus exprès contre eux, je retrouvais leurs cadavres chaque soir près d'un cercle gris sombre et poudreux, rond comme une pièce de monnaie d'un sang gris qui aurait séché, posée juste à côté de leur abdomen et je crois que ce truc allemand avait pour effet de faire éclater la partie molle de leur ventre, sous la plaque rigide qui protégeait leur abdomen, et les laisser sur le dos, leurs pattes arquées vers l'air.

♦

Et je savais que je me couchais tard quand la grande barre lumineuse du Regency était éteinte et ne remplissait pas ma fenêtre de son néon rouge sanglant et impérial dans la nuit de l'immense ville autour de moi.

♦

Alors ils m'ont laissé m'entraîner avec eux, apprenant leurs trucs, partageant leurs peines, tout seul au milieu d'eux et pas seulement à cause du truc de la langue. Parce que quand tu boxes tu es tout seul forcément, avec ton souffle, ta vitesse, ta force et ta douleur, ton énergie qui inexorablement s'épuise, tes doutes sur la fin du combat. Le type qui est en face de toi aussi, mais pour toi il n'est pas important, c'est juste le moyen de mesurer toutes tes choses les mesurer contre lui, contre toi en réalité.

Il y a peu de solitudes semblables, et par conséquent d'honneur semblable. Au milieu des puanteurs de toutes les sueurs passées, les souffrances qui sont venues avant nous s'user les phalanges et les cœurs et peiner sur les sacs, sous les coups, sur les visages, et sur le ring on est allé à sa propre rencontre, loin en soi, loin dans le passé, allé trouver tout ce qui nous a construit et donné ces armes-là, cette volonté, ce corps, ce souffle. On comprend tout d'un seul regard, alors on sait.

C'est pour ça que le rien vêtu de son costume griffé du ruban bleu n'existe pas (mais il ne sait pas, ça lui ferait trop de mal de le savoir), parce que quand tu es monté sur le ring pour te mesurer à toi-même et te briser contre toi-même comme l'autre contre l'ange, tu n'as plus peur de rien. Le reste c'est des vides, qui parlent parfois, qui ne parlent pas, qui font des gestes, qui ont des regards, des vides qui passent, qui ne peuvent rien en réalité.

25

Les résultats n'ont rien donné, le jour d'après moi j'étais fatigué mais c'était à force de ne pas pouvoir dormir, juste des somnolences, ce qui me plaisait bien c'était boire, boire et je redemandais des gobelets à ennuyer l'infirmière.

Et le deuxième jour donc, une jeune femme en blouse est venue, je l'ai reconnue de la veille, c'était une jeune interne, elle était en retrait hier parmi la foule des jeunes docteurs qui accompagnaient le ponte autoritaire et ennuyé, c'était le chef et ils l'accompagnaient pour apprendre de lui mais avec moi, c'était un mauvais client pour l'apprentissage parce que le chef ne trouvait pas la cause, la maladie, pourquoi. Il n'avait rien à enseigner avec moi.

Alors la petite est revenue pour me voir, toute seule, elle avait des cheveux très bouclés, comme des poignées de noisettes, elle avait l'air gentille, j'étais gêné parce que je n'avais que ma chasuble j'avais tout rejeté, les draps et le reste j'étais comme d'habitude en nage et elle m'a demandé si je voulais bien parler avec elle. Moi je la trouvais gentille et même jolie à travers mon état (et cela me gênait malgré la fièvre) et je voulais l'aider bien sûr. Et elle a commencé par me dire tout ce qu'ils avaient essayé pour comprendre, et elle m'a dit tout ce qu'ils avaient soupçonné, et tous les tests qu'ils m'avaient faits en secret, tous, elle m'a dit qu'ils avaient tous cru au VIH c'était pour ça les questions sur ma femme (ils m'avaient demandé si elle était fidèle, et moi aussi de mon côté, et sur le coup je ne comprenais même pas) ils m'avaient testé en secret c'était pas ça, et les maladies tropicales et du sang, et les questions sur les voyages et les prisons c'était ça et en fait ils étaient arrivés à absolument rien, c'était la conclusion du chef d'hier, rien à comprendre. Elle m'a dit tout ce qu'ils me cachaient depuis le début donc. Alors elle de son côté elle s'était dit qu'il fallait reprendre à zéro, et commencer par me parler, écouter mon histoire.

Et elle a commencé, comme ça, calmement, à m'intéresser, me plaire encore plus cette jeune médecin, je trouvais ça malgré la fièvre et la faiblesse très intelligent de sa part, méthodique et courageux de venir me voir après le verdict du chef et de l'aréopage, de prendre le risque de le contredire l'aréopage, et en plus je la trouvais jolie avec ses boucles de noisettes sur ses lunettes, elle s'appliquait comme un détective privé socratique méthodique et accrocheur, comme dans l'enfance et les romans. Alors comme ça, calmement, elle a repris mon emploi du temps, on a tout reconstitué, elle me posait des questions patiemment, et elle me souriait et moi aussi, pas pour l'espoir de trouver enfin la cause et enfin la solution, pour le bonheur de passer un moment avec elle à chercher ensemble sous la lumière de la raison et des yeux voilés des petites boucles brunes.

Et elle a continué à chercher, intelligente et accrocheuse, méthodique comme je l'ai dit, et elle voulait aller au fond des choses, elle ne se contentait pas de dire que c'était incompréhensible et elle était revenue après le départ de tous les aréopages, venue chercher, et pour chercher venue, pour commencer, parler avec moi, persuadée que la clé de l'énigme était conservée quelque part dans ma mémoire.

♦

Je pensais parfois à Paris, de petites rues pacifiques et mouillées entourant Notre-Dame, des boulevards aux prix ahurissants, une géographie qui est tellement loin de ce que je vois, et la mémoire garde des éclats comme des schrapnells, des éclats de l'os qui a éclaté après un accident et il n'est pas possible de les enlever un à un, on les garde et on vit avec, avec la gêne et la souffrance qu'ils causent aussi, et la chair autour est rouge et sensible, et c'est le prix à payer.

J'avais cessé de lire bien sûr à part les mémos et la doc de la Mirific mais dans les aéroports je feuilletais les dernières livraisons et c'était des célébrités, tous, c'est-à-dire plus de l'art mais de l'argent, parce que comme je l'ai expliqué la célébrité c'est du capital qui ne s'est pas encore retransformé, reconverti en espèces, c'est une forme transitoire, une forme transitoire de l'ego et de l'argent.

Alors ce que je voyais c'était je l'ai dit des histoires pour de rire, des adultes qui racontaient des histoires d'amour, de famille, avec des carrières inoffensives, c'était facile et doux et pas de langage particulier, ou alors des scénarios et on voyait déjà les films, des sujets originaux pour adaptation, et pour cette raison on avait souvent pris la vie de quelqu'un parce que là ça faisait deux sujets, puisque derrière d'abord il y avait la vraie histoire de la personne en question, et puis ensuite tout ce que le type qui écrivait avait fait pour passer d'une histoire à l'autre, donc en fait trois histoires même. Là je parle des romans seulement et pas des autres livres qui étaient déjà devenus la majorité et qui allaient tout emporter.

On entendait déjà les émissions de radio et les interviews et les éditeurs engageaient des services de presse et maintenant aussi des agences de publicité pour la suite du roman, pour le lancer dans la vie du commerce, rentrer dans leur argent et ainsi retransformer le capital de la surface médiatique en argent. Comme dans les jeux d'enfants où on nous a déjà appris tout ça.

♦

J'avais beau vivre au 55e étage de la tour, les lézards et les fourmis, les araignées, et les cafards aussi, trouvaient le moyen de me retrouver. Une fois, me déplaçant au milieu de la nuit, j'ai marché sur un lézard qui traversait ma salle de bains, souple fin comme un petit et inoffensif serpent au corps élastique et tendre, et il a filé se réfugier sous le lavabo. Au bout d'un moment tout ce qui n'était pas dans une boîte de conserve dut être mis à l'abri dans le réfrigérateur, je retrouvais tout (boîtes, paquets, pâtes café sucre, eau, tout) infiltré et mangé par ces bêtes. Elles reprenaient leur dû, c'était leur pays et après tout il n'y avait aucune raison qu'elles n'essaient pas de se nourrir.

26

Dans les aéroports pas plus que dans les avions je ne parvenais à dormir, avant il n'y avait pas d'autre choix que de lire ou réfléchir en regardant autour de soi le ciel par le petit morceau de hublot, on voyait les gens emporter leurs livres en montant dans la cabine, les journaux se froissaient, assourdis dans le souffle ininterrompu du vol, ce son assourdi qui prouvait que nous étions dans un monde vraiment à part pour quelques heures, pressurisé, ni sur terre ni sur l'Olympe mais en trajet quelque part entre les deux.

Mais ce n'est plus le temps des livres et maintenant on a prévu pour chaque siège son petit terminal télé, des films et des films, de quoi s'oublier soi-même pendant le voyage, en faire une parenthèse, qui passera comme un petit tunnel de cinéma, avec un plateau-repas au milieu, sans déranger le cours de l'histoire (et dans les films on retrouvait parfois certains des titres feuilletés à l'aéroport), et qu'est-ce qui a changé là-dedans ? Simplement on dort et on réfléchit moins, c'est ça le divertissement.

Je traversais ainsi les continents avec mes compagnons de voyage insomniaques et oublieux, toujours plus fatigué, dépaysé pendant que Bella quelque part dormait près de son assurance-vie finale, loin, loin des trajets passant sous l'Olympe.

Elle avait jugé plus prudent de se choisir un cave rempli de fric qui la mettrait hors du besoin à jamais. Claire était devenue Claire, la seule à avoir une idée de ce qui valait la peine d'être vécu. Julia aurait aussi bien pu être morte à l'heure qu'il est, parce que personne ne pouvait prédire ce qu'il adviendrait de Julia, au long de sa vie de fautes et d'errances. Ariane. Et Laure qui fut la plus longue inconnue et le plus long regret, et les autres pour lesquelles c'est un effort même de retrouver le nom.

Et quand on fera le compte, quand on comptera sa monnaie avant de monter et de donner son obole, qui restera-t-il autour de nous, autour de la mémoire dispersée comme le désert des Champs Élyséens, ces déserts sombres qui sont promis aux plus heureux et dont les plus heureux donneraient tout pour s'échapper ? Quelques poignées de menue monnaie, menus souvenirs, menues personnes reparties dans l'ombre avant de nous accompagner jusqu'au débarcadère.

♦

Ils m'ont laissé m'entraîner, et quand ils ont dû juger que j'en étais digne, que j'étais l'un d'eux, ils ont fait venir un jeune tueur, sur le ring face à moi, un mec de vingt ans qui se préparait pour un championnat, et il m'a mis une raclée pour de bon.

♦

Elle était très belle, son visage aux courts cheveux noirs poli par des générations de voyage, par la profonde résistance de l'Asie centrale, elle se confiait à moi et ses peines je l'aidai un moment à les porter, et ce n'était pas dur et pas une peine pour moi, vraiment pas et j'étais un moment heureux de pouvoir l'aider, mais elle ne le sut jamais, elle non plus. Les gens se livrent à toi, et même ceux que tu aimes et ne pourras jamais accompagner tu dois leur mentir, parce qu'il n'y a pas d'autre solution possible, et parmi eux il y a des gens bien aux belles âmes, des gens que tu voudrais avoir pour ami, et eux t'aiment déjà, et toi seul sais qu'un jour tu disparaîtras de leur vie sans laisser aucune trace.

Tu sais déjà que tu vas les perdre, tu sais déjà tout, tu sais que leur affection sera dispersée en vain, sous ton contrôle, qu'ils t'aiment en vain et te parlent et se confient à toi, mais que tu ne pourras jamais faire la même chose. Tu sais que tout ça c'est condamné, c'est une apparence et pourtant votre affection est partagée est réelle, elle est juste condamnée, c'est tout. C'est l'amitié entre deux condamnés à mort. Et toi dans ta cellule tu voudrais bien, une fois au moins, pour une personne au moins, te confier totalement, et ta peur et tes doutes et tes joies et tes succès, mais cela hâterait votre mort à tous les deux. Alors tu vis ce qui vous reste à vivre, mais toi tu le sais, et c'est tout ce que tu peux faire, et garder un peu de ton âme aussi, quelque chose à porter, à toi.

♦

Et la Mirific continuait de m'envoyer partout où elle voyait des occasions de trouver de l'argent.

27

Et à force de m'envoyer là-bas, toujours plus loin, ils m'ont fait traverser tous les hubs, loin, les aérogares de toutes les insomnies internationales, et de toutes les heures, où le globe se poursuit en jetant les hommes comme des grappes pour jouer, les rattrapant, les perdant, les faisant marcher, dormant, debout les yeux ouverts, près des portiques du sommeil, et toujours devant nous une grande baie, une vitre grande comme la nuit où la nuit approche son visage pour nous regarder, avec ce visage qu'elle nous a emprunté pour un instant, seul, et il suffit pour le voir de s'arrêter et s'approcher, devant le ciel, le tarmac, la nuit, et dans notre dos ces foules en morceaux.

Ce ne sont que des fragments, ils sont séparés de leur vie pour un instant le temps du voyage, et ils vont par segments, de l'unité aux multiples de deux, et c'est comme pour certains présocratiques où l'impair n'existe pas vraiment, ils sont là pour attendre d'être réunis, de redevenir un foyer, un couple, une plus grande famille.

Je les traverse en secret, et personne ne me voit car comme je l'ai dit au tout début il faut être bien malheureux bien seul pour regarder, et en général il n'y a pas de raison d'être malheureux pour les voyageurs. C'est la promesse, c'est un nouveau partage, ce voyage, et il a été conçu ensemble, elle a été portée cette promesse, parce que personne n'improvise plus un voyage, plus personne, pas pour un travail, ni pour une visite, ni pour le tourisme.

Ce voyage, comme on mange un fruit qu'on a longuement mûri, et ce n'est que le début, pourquoi être triste ; ou c'est la joie du retour, et quand on voyage comme ça avec la force d'un projet qui vous pousse comme un vent libéré dans le dos on n'a pas de raison d'être triste, on ne laisse alors jamais rien derrière soi qui vaille vraiment le regret, qui efface le retour au foyer. Voyez Ulysse, et en un sens il n'y a pas eu beaucoup plus solitaire que lui comme voyageur. Peut-être seulement Orphée. Je parle à l'aller comme au retour, pour lui, c'est aussi seul, Orphée, aussi désespéré.

♦

Pour aller de Paris à Perth il y a vingt et une heures d'avion, pour aller de Pékin à Sydney quatorze, de Pékin à San Diego il y a trente-trois heures de vol, et il faut passer par Los Angeles, de Shenzhen à San Francisco vingt-neuf, et il faut d'abord passer par Pékin, ce sont quand on regarde les cartes sur les atlas, quand on n'arrive pas à dormir alors que la cabine est déjà remplie de nuit, les dizaines de sièges remplis chacun de rêves, de films, de fichiers revus et revus, repréparés pour les réunions, ce sont des noms quand on est le seul à ne pas dormir, ne pas rêver à ceux qui nous attendent, aux aventures jouées sous nos yeux et dans nos oreilles.

Des atlas abîmés laissés dans les pochettes du siège devant nous comme dans une poche sale de kangourou, quand on regarde donc sur les atlas glacés et que des milliers de mains d'ennui avant nous ont déjà froissés, tachés, toutes ces lignes ce sont des petites toiles d'araignées bien droites, en étoiles géométriques, étoilées comme des rêves dessinés par des ordinateurs, des rêves d'efficacité et de profit dont les compagnies sont fières elles ont tracé leurs réseaux d'heures et de destinations pour leur plus grand profit et leur plus grande gloire, et le plus grand avantage des voyageurs et des compagnies comme celle qui m'emploie, ces traces qu'un revers de main, un retournement de bourse effacera de la surface glacée du globe dessiné des cartes, dès que la ligne ne sera plus aussi rentable, sans rendement et sans effort.

Certaines de ces étoiles, les pointes de certains de ces oursins bleus, turquoise, violets, passent toujours par quelques points récurrents, des hubs ou des tumeurs du voyage, Los Angeles, Atlanta, Londres, Bangkok, Amsterdam, Anchorage, et ces noms ne sont plus des rêves de voyage comme dans mon enfance, avant qu'on ne sache que le commerce existe et imprime ses formes au monde, ce sont les hubs par lesquels les connexions se font dès qu'une compagnie prolifère et tend son réseau, son nouveau réseau, par où elle charge les voyageurs et les caravanes modernes portées sur les ailes du pétrole.

Ce sont des capitales partagées, comme des palais réservés aux voyageurs, pour les relâches de ces vols si près du son, des palais de verre et de métal et qu'ils traversent, avec cette lenteur que donnent les fatigues internationales, ils le font à deux comme ils font tout, et à partir de la cinquantaine même cette habitude porte ses rides et se relâche, ils ont cessé de lutter contre elle et c'est le moment, ce temps-là où on commence à se résigner, à accepter tout pour ne plus avoir à se poser de question, on veut juste dormir en paix, et voyager c'est pareil, en paix, et manger et tout, et parfois si vous regardez bien vous le voyez déjà chez ceux qui sont beaucoup plus jeunes, dans l'autre côté encore de la vie, je veux dire.

Et pour être tout à fait honnête, précis, ce n'est pas une question d'âge en fait, ou même de nationalité, parce qu'il n'y a pas de pays pour le temps, si je voulais être complètement sûr c'est une question de mots, c'est le langage qui les habite, qui a commencé à les habiter ou pas, à les laisser dormir ou pas, à les laisser en paix regarder le monde comme s'il n'existait pas.

Parfois je pensais à Claire, qui doit traverser aujourd'hui ces aérogares avec un type bien à son bras, et des enfants aussi, sûrement, ou à deux comme une escapade. Ariane, la connaissant, elle voyage peut-être seule, et alors les hommes sans doute la regardent encore, pour quelque temps encore se demandant comment l'aborder, les plus âgés maintenant, ou elle voyage elle aussi au bras d'un homme, d'une femme peut-être, mais sans famille elle aussi, sans enfants, nous avons cela au moins en commun, quand nous traversons ces capitales de l'insomnie, de l'impatience depuis que le voyage est devenu si facile ; il n'est plus qu'une formalité à traverser, un détail incommode avant de reprendre le cours de nos projets.

28

Alors elle s'est mise au travail patiemment, elle m'interrogeait assise près du lit, moi j'avais tout rejeté, drap, couverture à cause de la fièvre et je n'avais que ma chasuble collée de sueur et à un moment cela m'a presque gêné parce que je ne pouvais pas m'empêcher de la trouver jolie, dans ma fièvre et ma détresse, avec ses lunettes et ses boucles, son application à trouver la cause de mon mal, et je m'étonnai d'avoir ce type de pensées dans l'état où j'étais et Bella n'aurait pas été surprise, elle.

Et ainsi, à force de questions elle a commencé à trouver une piste, et pas avec des analyses chimiques comme les autres, juste avec des questions comme un Socrate, et d'abord elle a tourné le dos à toutes les questions que les autres avaient posées, les évidences, elle est partie plus loin elle est partie de zéro pour mieux comprendre et moi je trouvais ça séduisant, le patient à côté jetait parfois des coups d'œil et puis il a tiré son rideau de Nylon pour regarder sa télé tranquillement et comme la moitié du jour je ne voyais plus que ses pieds enflés et pourpres.

En refaisant comme ça mon emploi du temps des jours qui avaient précédé la maladie (comme un détective exactement, comme s'il s'agissait d'un crime et que l'on essayait de remettre de l'ordre pour trouver le vrai coupable) elle a isolé un de mes dîners d'affaires, deux jours avant. Les autres repas elle avait déjà les menus et elle les avait écartés après avoir longuement examiné, interrogé, pour être sûre de ce que j'avais mangé. Car pour elle, qui avait écarté les maladies infectieuses, vénériennes, exotiques, il restait une possibilité, qu'un virus ait été ingéré par voie digestive, tout simplement. Un virus ou un parasite, et justement, il y avait un repas, ce fameux dîner, où j'avais mangé de la viande, et il y avait un parasite qui pouvait se loger dans cette viande, et l'infection causée par ce parasite, elle pouvait correspondre à mes symptômes et surtout (et c'est là qu'elle était particulièrement intelligente, ma charmante et brune interne enquêteuse) à l'évolution de mes symptômes, des pics de fièvre au gonflement du visage, aux douleurs intestinales.

Et elle a vérifié, cette infection-là, ils ne l'avaient pas cherchée, donc les tests ne pouvaient pas la révéler, ils n'y avaient pas pensé tant elle était rare, alors dans la batterie de tests ils ne l'avaient pas cherchée dans mon sang, dans les pelletées de misère que j'avais collectées dans mes nuits. Et alors elle avait une hypothèse maintenant, une mince hypothèse, mais il y avait une manière de vérifier, comme les détectives et les scientifiques et je voyais qu'elle restait soucieuse, tant qu'elle n'était pas sûre, et elle a ordonné immédiatement une nouvelle prise de sang et une nouvelle série de tests. Et plus tard, des mois après en cherchant de mon côté j'ai compris pourquoi elle était restée soucieuse même après avoir trouvé son hypothèse, c'était à cause des lésions que le parasite pouvait créer sur les tissus cardiaques ou le système nerveux s'il n'était pas stoppé à temps, s'il n'était pas identifié à temps donc, si on lui laissait le temps de pondre ses œufs toujours plus avant, d'abord dans les intestins, puis dans les différents muscles, etc.

♦

Les maisons restaient dans la nuit, et parfois dans la lumière de la lune, mais en général la cour restait plongée dans l'obscurité il fallait pour courir éviter les chats, observant, prêts à chasser, épiant, tandis que des familles dînaient sous des ampoules blafardes tirées devant les portes, au milieu de la cour, derrière des grillages à demi tirés. Le ring était glissant à la fin, sueur ou vieux crachats, vieux sang aussi, comme un dieu posé au milieu de nos peines, mais au bout d'un moment on ne fait plus attention.

♦

Aux prénoms si compliqués pour ma langue qu'ils les réduisirent à des syllabes que je pouvais prononcer, c'étaient tous d'anciens boxeurs, blessés, certains me montraient les endroits et les os, d'autres on voyait bien les dents qui manquaient quand ils riaient, le plus âgé avait le même âge que moi, ils avaient en général la quarantaine, et maintenant ils entraînaient les autres et les autres leur tapaient dessus pour s'entraîner à gagner.

♦

Les gens, les choses nous abandonnent pour aller vieillir, toujours plus loin, plus tristes, toujours plus tristes, sans souvenir de la lumière, sans répit, sans pouvoir se confier à quelqu'un qui les protégerait, qui les comprendrait.

C'est le bout de la vie qui approche, de l'autre côté de cette moitié-là, c'est le point qui va tout absorber comme ces bouffées d'astres dans la galaxie qui aspirent infiniment, nulle force au monde n'est capable de résister à ces Charybde, et même si on croit qu'il n'en est rien c'est parce qu'on n'a pas saisi la vitesse à laquelle tout cela se déroule, parce que la vitesse c'est tout relatif, une approximation comme tout le langage, et tout, hommes, choses, bêtes et plantes et planètes peuvent s'épuiser tant qu'ils veulent pour échapper à l'immense soif des constellations ils n'en sortiront jamais.

Ils iront s'effondrer sur eux-mêmes et finir, dans une poussière broyée par les ténèbres, sous le concert lumineux des voies lactées qui regardent, sans lever le doigt pour nous aider dans notre chute.

Nous on aimerait bien pouvoir se confier à quelqu'un, s'expliquer et qu'on nous comprenne, et puis qu'on nous protège un peu, on aimerait bien que dans cet écoulement en pleine lumière ou pendant toutes les nuits on puisse partager un peu de cette moitié-là qui nous attend. Mais il faut croire que ça aussi on l'oublie, on oublie de regarder en fait alors que c'est devant nous, et pour être tout à fait franc on fait tout ce qu'on peut pour oublier de regarder, pour ne pas regarder, et peut-être que moi aussi si j'avais cette chance je demanderais à ne pas regarder, après tout Achille il aurait donné n'importe quoi pour en sortir des Champs Élyséens et c'était le plus courageux de nous tous lui, mais justement il n'avait pas le choix et il n'a pas réussi non plus.

29

— Moi, ce que je croyais, c'est que certaines choses seraient sauvées, tu vois ?

Ce que j'ai appris moi c'est que rien n'est assuré.

Elle regarde, et elle ne comprend pas, c'est bien normal.

Le sentiment auquel on croit comme le fer, il n'existe pas plus que le reste ; et on me l'aurait dit que je ne l'aurais pas cru. Et ces choses sont si vraies qu'on ne les croit jamais, si vieilles en nous qu'on ne les croit plus comme notre propre visage, comme s'il était nouveau à chaque fois qu'on le voit.

Elle n'a rien à répondre, comme si c'était très original, c'est pourtant la plus vieille chose du monde, mais ces choses il faut les apprendre à chaque fois, dépasser chaque fois l'illusion que ce n'est pas pour nous, qu'on y passera à travers.

La pauvre Bella me regarde elle voudrait répondre mais c'est sans appel parce qu'au fond je ne l'ai pas dit pour la convaincre, je me suis parlé à moi-même cette fois c'est tout.

♦

Bella aimait parler quand ça ne servait à rien, spécialement quand c'était trop tard ou inutile, sans doute parce que pour elle parler c'était simplement dire, sans écouter, pas parler à quelqu'un, mais dire ce qu'on veut dire comme on impose les mains, qu'un démon soit là ou pas, on le fait quand même, et le premier coup de force, en tout cas celui dont on ne peut pas douter c'est celui qu'on fait au possédé, au malade.

Elle appelait ça parler mais en fait c'est qu'elle avait quelque chose à dire, sans autre effet que le dire, c'est-à-dire l'imposer, c'était peut-être une soupape, une manière de ne pas être surchargée. Ce qui l'énervait alors c'est de ne pas pouvoir le faire, soit parce que je refusais, soit parce que moi aussi, en retour, je disais quelque chose, comme si elle avait voulu parler vraiment en fait.

C'était comme le joueur de poker qui appelle un bluff et le poursuit, comme le spectateur qui montre du doigt le truc dans le tour de magie, c'est normal le magicien n'est pas content, mais si on est uni avec le magicien par la magie du mariage alors les ennuis commencent, n'est-ce pas ?

Le dernier jour avec l'avocat, quand on a été sûrs d'avoir tout réglé la date du divorce et tout, et tout le reste – en fait c'est facile, quand on arrive à la question de la date tout devient facile – et ce jour-là elle l'a choisi pour dire qu'il fallait qu'on parle (toujours inutile vous dis-je, toujours trop tard) et j'ai dit oui et on s'est retrouvé dans ce café comme deux étrangers dans une capitale étrangère, parce qu'il n'y aurait plus jamais de café pour nous en un sens, c'était juste un lieu où on va pour régler des détails pratiques, et jamais un café n'avait été ce lieu pour nous.

Ce qu'elle voulait dire, bien sûr, était sans importance, mais peut-être plus superficiel encore que d'habitude, et comme d'habitude c'était juste pour le dire, rien d'autre. Pauvre Bella, et moi sans rien perdre ce jour-là de mes mauvaises habitudes (et en fait par cela donnant raison à tout le reste, le divorce et tout ce qu'on venait de faire et d'acter chez l'avocat) moi j'ai répondu bien sûr, mais comme c'était déjà fini ce ne fut pas un éclat, simplement le silence et l'absence chez elle de toute réponse toute compréhension, comme si elle n'avait pas réalisé d'où on venait, ce qu'on venait de faire.

Puis bien des années plus tard, plus tard quand j'appris la suite, quand elle finit par se choisir pour vivre un néant, mais riche, j'ai repensé à toutes ces paroles vraiment prononcées pour rien, pour rien puisque même ce qui nous semble sûr comme le fer on ne peut pas en être sûr, comme la couronne des athlètes et des morts.

♦

Et à force de rester tard, et de rester très tard, toujours le dernier, toujours sur le sac de frappe en dernier, ils ont commencé à m'apprendre d'autres trucs, les sales trucs, les coups bas, les astuces qui ne sont pas complètement loyales et qui font gagner quand on ne devrait pas.

On se comprenait avec des gestes, les doigts, avec trois mots, mais ça suffisait bien, et des dessins tracés avec le doigt en sueur sur le ciment, près du ring. On se disait nos âges par exemple, on se demandait si on avait dîné, ce qu'on avait mangé, et à ma grande surprise il y en avait pas mal qui avaient à peu près mon âge. Il y en avait un que j'aimais bien, la plupart du temps il avait pas un short mais un pantalon de sport, il avait commencé il m'a expliqué avec les doigts et quelques mots que je comprenais il avait commencé à boxer à sept ans, il avait fait beaucoup de combats maintenant c'était fini pour lui à cause d'une fracture, il me montrait l'endroit où le tibia était sorti il y avait une grande cicatrice comme une arête de poisson pâle.

♦

Dans ces couloirs entourés de nuit où on ne voit que nos propres formes, sur la nuit des tarmacs et des aérogares au moment de monter dans les avions, par ces couloirs de verre qui sont accolés aux bâtiments, attirés et collant leurs bouches en ventouse par où le froid de la nuit, la nuit réelle, s'insinue, derrière la paroi où nos visages se posent comme des ombres blanches.

Nos reflets en voyage tirant une valise dans la caverne des nuits interchangeables d'Atlanta, d'Abu Dhabi, Stuttgart, nuits éternelles des lieux qui sont faits pour s'effacer, que le voyage lui-même efface et oublie ; et qui à part moi s'en soucie encore, qui pensera à eux si je ne le fais pas, feuillets blafards dans le feuilletage des mémoires et des lieux, et moi ce n'est pas par je ne sais quel privilège c'est le hasard, c'est parce que je peux regarder à loisir et sans oublier comme tous ceux qui sont seuls et oubliés ; en échange eux n'oublient pas et leur langage ne dort plus, il ne peut plus dormir avec eux, c'est aussi simple, aussi triste et vain, que cela.

♦

Et, parfois, je pensais à Hélène, mais ça ne servait à rien, parce qu'elle était partie.

30

Il arrivait que la Mirific nous rappelle aussi, pour des conférences au siège, des conclaves, moi je croyais que ce n'était que pour les commerciaux, ces machins-là pour les motiver (et je dis ça et je n'ai aucun dédain pour eux, les commerciaux, piteux bougres esclaves, et la pyramide des carnassiers tout entière repose sur leur dos, pointe en bas), pour mieux vendre leurs chaussettes et leurs assurances-vie, et non, pour nous aussi le conclave, ce qui veut dire que pour quelqu'un là-haut parmi les sommets il y avait une image à soigner, un ego dans la grande course, la grande compétition aux images, aux ego.

Alors je revenais à Paris avec seize heures de vol depuis Shenzhen et plus tard Shanghaï (dix-huit) et le décalage horaire pour m'asseoir et entendre l'Évangile et la doctrine, de celui qui avait eu son ego blessé et insatisfait, et toute son équipe autour de lui, les pupitres le micro, les présentations briquées et les dossiers pour chaque auditeur, car rien ne devait être laissé au hasard.

♦

Il est presque cinq heures de l'après-midi et le ciel est si beau, lumineux et apaisé, la preuve même du bonheur, la raison même du bonheur, il suffirait de regarder ce ciel avec elle pour être heureux. C'est l'heure la plus triste aussi, comme je l'ai dit, parce que c'est l'heure où la lumière va tourner l'angle, commencer son agonie, pour s'épuiser et s'étouffer et mourir aussi, sous nos yeux dans un adieu jamais identique, jamais renouvelé parce que si vous croyez que depuis que la nuit tombe sur la terre le même jour est mort deux fois c'est une lourde erreur, il n'y a jamais eu deux morts semblables, pour aucun être, pour aucun de nous et pour aucun jour qui a paru et nous a donné sa lumière.

À cet instant le ciel étale sa grande paix derrière la double corne du Regency et de l'Elite juste à côté, et entre les deux tours, et tout autour et sur toute la ville et près d'ici nichés et invisibles je pense au 54e étage il y a de minuscules oiseaux qui pépient appelés par elle tandis que la lumière entre à pleins poumons dans ma chambre illuminant les pages, les draps, mes mains et mon visage. Je la regarde, don hypnotique et condamné alors qu'elle épuise sa dernière et splendide piteuse vigueur. Je sais que ce qui vient après va être très dur, je connais bien le moment d'après contre lequel il n'y a aucune garde, et cela aussi, ça rend plus déchirant cet ultime rayon de merveille.

♦

Alors, on oublie et on essaie de se concentrer sur quelque chose de nouveau, on essaie de regarder les personnes avec un œil neuf, on observe les nuances pour y retrouver de la saveur et du sens ; mais en réalité je crois qu'on fait tout cela, et c'est très utile, pour gagner un peu de temps. Pour repousser encore un peu la vague, et s'occuper le temps qu'elle revienne, aussi forte, aussi indifférente et aussi nue, qu'avant, avant tous nos efforts et nos ruses, et toutes les compagnies qu'on voudra se donner, et les importances que se donneront les activités comme celles de la Mirific, celles des gagneurs d'argent, mais au fond cela vaut pour toutes les autres, pour ceux qui construisent des ponts ou des immeubles, ceux qui récoltent de la nourriture et même ceux qui en mangent, ceux qui rédigent des contrats ou négocient des traités, privés ou entre les nations. C'est finalement tout pareil. Moi ça me fait penser à la boxe.

À un moment c'est votre énergie qui s'épuise, et celui d'en face continue à venir sur vous, et on passe sur les talons, on perd de la puissance, il faut continuer à bouger et ne pas lui offrir le même axe, le surprendre, se surprendre en somme, et continuer à lancer les frappes comme si de rien n'était, et les prendre pareil, comme si on n'était pas prêt à tomber déjà en réalité.

♦

Et à force, j'avais sillonné le pays immense par train, par avion, et les pays environnants, et toute la péninsule, par des wagons où il fait si chaud qu'il vaut mieux ne pas bouger et rester dans ses linges de sueur, immobile, et par moto sur des routes abandonnées entre les collines et les chaleurs d'où viennent le riz, les ananas et le jour, et l'huile de palme qui couvriront disséminés toute la surface de la planète.

♦

Parfois je regarde ma ville, scintillante, palpitante et lumineuse, indifférente à tous mes sentiments, à toutes mes pensées, je la trouvais quand même belle la ville de ma peine, unique, percée de veines lumineuses et magiques, de pierreries jamais semblables, rassemblées comme une unique constellation pour mon seul spectacle, comme les vraies, celles qui nous entourent et nous enferment les constellations qu'on ne voit même pas, et celle-là m'est révélée quand je rentre et que je regarde par la grande baie vitrée la ville qui m'attend, qui m'accueille portant un plateau constellé de vies et de lumières, inconnues, silencieuses, infinies, hors de portée.

♦

Et qui pensera à elle à la fin ; c'est ça que j'aurais pu lui dire à Claire, c'est qu'à la fin, ce qui comptera, qui pensera à elle quand elle sera finie, quand elle sera partie pour de bon ? Quand nous aurons été séparés au-delà de la mémoire, au-delà de nos forces, quand même une ville entière ne nous séparera plus, mais que l'idée même de séparation n'aura plus de sens, parce que pour être séparés il faut quand même tous les deux être dans l'espace, même si ce n'est plus le même ; mais à ce moment-là l'un des deux n'est même plus contenu dans aucun espace, et à ce moment-là qui pensera à elle ?

Je serai encore seul et cette fois, c'est moi qui porterai son image et c'est sur moi que reposeront, pendant encore un peu de temps, son image et sa mémoire, et le reste de toutes ses vertus.

C'est un bien mauvais rôle, et bien solitaire, c'est comme un fossoyeur qui au lieu d'enterrer tenterait de les laisser encore un peu à la lumière, de porter de la lumière aux morts pour qu'ils ne disparaissent pas tout de suite, qu'ils ne soient pas trop seuls dans le grand caveau du temps où tout se précipite, les visages et les corps et les amours et leurs grâces. Mais c'est comme les fossoyeurs d'antan, c'est un mauvais rôle, et puis très solitaire.

31

Je sais bien qu'un jour je vais devoir rentrer, quand pour la Mirific il n'y aura plus vraiment d'intérêt à ma présence, et alors je vais rentrer je le sais déjà, et pourtant c'est l'inconnu. Nul ne sait ce qui m'attend, plus exactement nul ne m'attend plus, mais moi je ne sais pas où je vais rentrer, ni pourquoi, ni où exactement, et, pas plus, dans quelles conditions.

Pourtant la nuit sera partout pareille, c'est les formes autour qui vont changer, la forme des bâtiments et des toits, les murs de mon appartement et les objets, et je ne vois pas quels objets seront dans ces murs, puisqu'en venant ici je n'ai pris que quelques vêtements, pas grand-chose vraiment, le reste est consigné dans ma mémoire et reviendra donc avec moi, intact et même un peu plus épais. Mais pas plus volumineux en fait.

Juste les paysages et les visages de ceux qui sont restés après moi, les âmes que j'ai croisées et qui poursuivront leur voyage de ce côté-ci du monde, dans ce trajet qui paraît-il dure mille ans et dont moi en tout cas je ne verrai pas la fin. Mais j'imagine que je penserai à eux quand même, que dans les nuits sans sommeil de ces autres latitudes c'est leurs visages qui viendront à ma rencontre cette fois, pour rejoindre les autres, et sans doute d'autres encore, de Paris, d'Europe, et d'ailleurs encore si je devais repartir un jour. Mais moi je crois que ce sera le dernier trajet, parce que quand ils auront décidé de me rappeler il n'y aura vraiment plus de raison de me faire repartir ailleurs, ce ne serait pas logique et autant me laisser traîner de ce côté-ci de l'hémisphère, en continuant à me faire rouler comme une bille au gré des besoins, des séminaires, des clients et des conférences, puisque cela ne change rien au fond. La seule différence c'est le décalage horaire.

Et même ça on pourrait dire que c'est relatif, parce que finalement c'est toujours à la même heure ces réunions et ces machins divers, l'heure universelle des réunions traduite dans l'heure locale, c'est juste à l'intérieur de moi que le repère est déplacé et mobile, j'ai glissé en apparence un peu à côté du temps, mais cela revient vite, c'est juste un petit échange temporaire, et la monnaie de cet échange, c'est ma fatigue.

♦

Et l'œil fermé parfois à force d'être rempli de sueur à moins que ce ne soit du sang (et une fois au moins c'était du sang après un coup vicieux de coude qui avait touché l'arcade gauche et c'est la vie). Les hématomes commençaient par une rougeur, sensible puis douloureuse, et ils devenaient verdâtres le lendemain, puis franchement bleus comme des flaques d'eau, des nénuphars pourrissants flottant à la surface de la peau. Et à ce moment-là très douloureux.

♦

Le jour éclate dans la grande baie, balaie le ciel d'une lumière juvénile, apaisante et heureuse, le tarmac, les avions, et celui dans lequel nous allons embarquer. Peu de monde, peu de familles, des Chinois, des touristes isolés. C'est un matin discret, apaisé de voyage.

Comme il est encore tôt, le brouhaha des aéroports n'a pas débuté, les gens sont fatigués eux aussi émergent de leur nuit comme l'aéroport, avec la même lumière apaisée pour les aider, le même réveil discret qui les a sortis de la nuit, leur a fait revêtir leurs habits de voyage, de travail, leur habit de jour pour venir se mêler à la foule des vivants, à la route des voyages qui vont les déplacer vers un autre continent.

♦

Quand je la tenais par la main elle sautillait et dansait en tirant sur mon bras, Hélène devait avoir quatre ans, et elle avait des chaussures neuves qu'on lui avait achetées, ces chaussures claquaient sur le pavé et cela l'émerveillait. Marcher l'émerveillait, elle avait réduit la vie à ce miracle.

♦

Ah et aussi le secret, c'est que quand on a quarante-cinq ans il faut gagner dans les trois premiers rounds, les trois premiers on n'a pas le choix. Après on est vide et on ne peut rien faire qu'encaisser. Alors il faut être plus rapide, plus futé et très rapide pour comprendre et trouver la manière, parce que celui d'en face il le connaît aussi bien le secret, même s'il est plus jeune, et lui son but c'est d'être plus lent pour démarrer vraiment après le troisième round. Et après tout c'est assez juste comme ça je trouve : le plus vieux doit aller plus vite pour réussir, et le plus jeune des deux il croit qu'il va vite mais il est plus lent parce qu'il a tout le temps de gagner, il espère encore gagner dans la deuxième moitié lui aussi. Ils sont tous pareils. Mais ils comprendront un jour.

♦

Et le monde nous abandonne morceau par morceau, les gens, les choses, les souvenirs et les êtres, la nuit les gagne et les emporte, et ils ne s'en rendent pas compte, et nous qui restons encore un peu de ce côté, pour un peu de temps encore de ce côté-ci de la vie, nous les voyons partir, vivants encore, et on les entend s'éloigner dans les ténèbres, parfois ils nous parlent et on essaie bien de les retenir, on essaie de les garder près de nous mais ça ne marche pas la nuit est déjà en eux, l'oubli et l'ombre, et la mort qui commence comme ça, par éloigner les choses, avant qu'on comprenne vraiment de quoi il s'agit.

Ça se manifeste comme ça, on ne peut pas le prévoir, ça se manifeste je l'ai dit par des êtres ou des choses, des mots qu'on lit, des sentiments qui n'ont plus de force, plus la force de lutter, de se souvenir, plus la volonté de vivre, la lumière qui tombe par terre et on n'arrive plus à la relever, on ne peut plus l'aider parce que c'est au-dessus de nos forces.

Ces jours-là on regarde tout, très attentivement, les événements n'ont plus vraiment d'importance et tombent comme les bras des boxeurs épuisés le long de leurs corps essoufflés, sans force, et on peut regarder à loisir. La nuit s'installe autour de nous, et nous tient en cercle autour de la lumière, très calmement, et on la regarde pendant qu'elle mange son dîner en silence près de notre lit.

32

Et les vols, les souvenirs et les insomnies, les pluies, les nuits immobiles et silencieuses dans le battement des lumières le long des avenues, tout le passé et tout l'avenir, tout ce qu'on peut saisir de cette moitié et de l'autre, c'est une image, c'est des images et elles s'éteindront. Et la mort je sais ce que c'est, je sais ce qui m'attend vraiment et pour tous, je sais ce que c'est et je pourrais le dire, et si je le disais je ne sais pas si on me croirait mais peu importe en réalité.

Et je peux dire comment je le sais, c'est que quand j'ai perdu connaissance, et cela m'est arrivé plusieurs fois j'ai observé ce qui s'est passé, observé et j'ai pu en garder le souvenir, et je n'ai aucun mérite, j'ai même pas essayé, simplement j'ai pu le faire, c'était un coup de chance si on veut, ou de malchance plutôt quand on y pense, en tout cas je n'en tire aucun mérite, c'est tombé sur moi et c'est comme ça.

Alors ça se passera comme ça. Brusquement on est plongé dans le noir et en fait on est plongé dans l'incompréhension, on ne comprend plus, on ne comprend pas ce qui s'est passé, on a perdu le fil avec ce qui précédait, tout d'un coup on n'est plus là où on était, on est plongé dans le noir et cela n'a aucun rapport avec ce qui précède, ce qu'on faisait et où on était, on n'est plus là où on était, on n'est plus nulle part, et au début on lutte pour comprendre, et ne voit rien ce n'est pas une lutte physique c'est juste mental on essaie de toutes ses forces de mettre de l'ordre dans le temps, de toutes ses forces de comprendre où on est et comment on est arrivé là. Et on essaie de comprendre pourquoi il n'y a plus aucune sensation, aucune lumière ou couleur aucun ordre logique ou son là où avant il y avait tout ça en même temps. Et on est enfermé dans le noir et dans cette lutte en cercle qui essaie de rétablir le fil des événements, et à aucun moment on ne comprend, et alors, on commence à paniquer, à angoisser comme on n'a jamais angoissé, c'est angoissant parce qu'on tourne en rond à ne pas comprendre et à rester privé de sensations et on sent que chaque seconde c'est plus étrange, plus loin, de moins en moins compréhensible, et on veut désespérément retrouver la lumière et le monde et on comprend là qu'on est coupé du monde à cause de ce fil des événements qui a été rompu, et on ne peut rien faire, et alors le secret c'est ça, on meurt dans l'angoisse et l'incompréhension, ce sera toujours comme ça, c'est normal, on ne comprend pas pourquoi on est brusquement privé de tout et on n'a jamais été habitué ou préparé à être privé de tout en même temps, l'ordre, la raison, la lumière et le jour.

♦

La chambre où je me tenais était juste sous les toits, près des murailles de tuyaux de tôle, de plomb, les zincs qui recouvraient les toits et les sorties des cheminées. C'était une petite chambre toute froide et tout isolée au dernier étage de mon hôtel, dans un recoin près de la rue des Écoles, et le matin le ciel d'hiver paraissait presque bleu derrière ses voilages, ses nuages sales et fatigués de janvier. Il faisait si froid que je devais mettre un chandail pour entrer dans mon lit, et je le gardais au moment d'écarter la tenture qui masquait la fenêtre. Alors la chambre devenait si claire, silencieuse, si isolée au sommet de son immeuble et de l'hôtel désert, que j'oubliais tout, je devenais moi-même aussi clair qu'elle et j'oubliais tout.

♦

Et c'est pour ça je me dis, mon regret, c'est que quand Hélène a dû ressentir cette panique, cette angoisse solitaire, c'est la plus grande des solitudes et la plus grande des paniques même si tout cela va très vite, et j'aurais voulu pouvoir l'aider, être là pour l'aider comme quand mes parents à moi m'avaient aidé quand j'étais malade, ne pas la laisser seule comme moi quand j'ai été malade, juste être là cela fait toute la différence je l'ai dit. Mais ce moment d'angoisse là je n'ai pas pu le partager, on ne peut pas le partager, pas même pour aider quelqu'un, et pas même Alceste comme je l'ai dit, même elle, elle ne l'a pas vraiment partagé ce moment, elle s'est substituée après. Même dans le mythe c'est tout ce qu'elle a pu faire.

Mais alléger cette angoisse pour elle, c'est ça que j'aurais voulu, même pour un instant, et qu'elle sache que je l'avais fait et donc qu'elle n'était pas seule, qu'elle ne serait plus jamais seule, je suis sûr que cela aurait allégé, un instant, son fardeau à elle, celui que je ne pouvais pas porter pour elle, sa blessure à elle que personne ne peut partager.

Parce qu'au bout du compte ce qu'on peut offrir de mieux, c'est simplement sa présence, le simple fait d'être là c'est une preuve d'amour, et savoir que quelqu'un est là pour vous cela suffit à remplir cet univers et cet instant, et dans cet instant très rapide cela aurait bien suffi.

33

Et tout ce qu'on peut faire, c'est des dénombrements, des catalogues, ce qu'on peut faire c'est noter les noms et les dates, et ranger le tout en espérant qu'on les classera, même si les classer chronologiquement n'apporte rien, parce que si on réfléchit vraiment le temps n'est pas un vrai critère, la chronologie c'est aussi arbitraire que le reste au fond, alors on range le tout en espérant que cela ne fera pas tout exploser en nous si par hasard on ouvre le mauvais tiroir, la mauvaise boîte de la mémoire et c'est comme ça que tout ce qui touche aujourd'hui à Hélène est soigneusement noté, daté, catalogué et caché au loin, loin, surtout dans l'espoir que la mémoire jamais ne fera sauter ces sutures sous ses coups comme le boxeur qui sait bien où il est touché, qui sait bien que son arcade est brisée déjà, ouverte et qu'un seul coup suffira, le prochain, pour que le sang revienne en jets l'aveugler et le faire, par paliers, perdre la vue, le souffle, l'espoir et toute chance de s'en sortir.

Et si ça tient croyez-moi, c'est juste une apparence, jusqu'au prochain coup, la prochaine raclure du cuir, frottement du gant parce que si vous pensez qu'en face le type ne l'a pas vu c'est une singulière erreur, il sait très bien où il doit taper, où il doit faire traîner son gant, s'accrocher, donner du crâne à la prochaine, première occasion, pour faire sauter l'agrafe. Et c'est vrai même si cette fois l'adversaire n'est pas devant nous, mais en nous, porteurs de nos propres blessures nos propres coups, nos propres défaites, et nos maux au nom inconnu.

♦

Et le soir en plein vol dans la nuit portée des avions, entre deux capitales et deux heures ce tremblement, quand on voit qu'on n'appartient plus ni à l'une ni à l'autre, que l'heure de l'une ni de l'autre ne nous correspond plus, plus exactement, et que l'on n'en possède plus aucune, vraiment orphelin de tout suspendu, qu'on est abandonné même du temps qui nous fut familier.

L'écran devant moi affiche les Parques différentes des lieux entre lesquels le vol nous suspend, mobiles prisonniers, les heures de départ et d'arrivée selon les lieux différents dont aucun ne nous contient, de vol, et si l'on cherche par l'arithmétique à comprendre où on en est réellement, ça ne marche pas, ça ne marche plus les calculs à moins d'ajouter tout ce qui manque c'est-à-dire tout ce qui sépare, c'est l'effet de nos propres conventions, tout ce qui sépare dans le temps deux lieux entre lesquels notre vie nous a entraînés.

On n'est plus à ce moment-là de nulle part vraiment, on n'appartient plus à ces gens qui y habitent, qu'il s'agisse du départ ou de l'arrivée, on est vraiment seul cette fois, même séparé de toute expression de l'heure.

Je me souviens les soldats en treillis couchés à même le sol à Houston ou assis sur leur sac en attendant leur correspondance, le sommeil invisible à Hong Kong qui plombait invinciblement mes yeux et faisait basculer ma tête de part et d'autre de ma nuque, à Athènes une baie lumineuse et pacifique où près de l'asphalte des poignées d'oliviers et de figuiers étaient oubliées en leur poussière au bas de l'horizon, au-delà des lignes droites des pistes ; à Adélaïde l'aérogare qui ressemblait au Grand Central Station coiffé du toit sali de New York, plus énergique et juvénile, et on perçoit cette énergie malgré la gangue agrégée du sommeil, amalgamant aux fragments perdus de rêves les cellules que le corps génère accumule et conserve mortes durant ces vols sans fin.

♦

Mais nul ne peut rester, n'est-ce pas ? Et je dis tout cela mais cet avion et ceux qu'il porte, qui dorment déjà ou parlent et rêvent de la suite de leur vie, et ceux qui s'acheminent autour de moi comme les ombres aux Champs Élyséens chacun vers la place qui lui a été assignée, nul ne le sait tandis que je les regarde et que j'essaie de les retenir, un peu, dans l'existence, un peu plus longtemps avant qu'ils ne partent, qu'on se sépare chacun de son côté, vers sa vie et sa mort et son oubli.

♦

Le jour éclate de lumière, pulvérisant le bleu du ciel, lavé, levé comme une bannière en triomphe plus haut que les mauves faibles et glauques lueurs venues des fonds de l'univers, le jour est un grand drap bleu tendu de lumière silencieux et immense étendu au-dessus de toutes nos peines qu'il oublie, mais à quoi cela sert-il, nous ne nous voyons pas nous non plus et cela ne change rien pour nous. Le jour écartèle donc sa victoire bleue tout autour et rien ne le dépasse et pourtant c'est la même chose que dans la nuit, quand les tourments sont partis se réfugier dans les recoins oubliés et les ombres, abrités loin des dernières étoiles.

En regardant par la grande fenêtre vainement je me demande à quoi cette victoire si manifeste peut bien servir au fond, au moins la nuit est plus modeste, elle ne promet rien et nous recueille malgré tout, même quand nous ne le savons pas, et même surtout si nous croyons que nous n'en avons pas besoin, et ça aussi c'est une erreur et un mensonge, et un jour on le comprend et avec un peu de courage on le dit aussi.

♦

Et à chaque fois qu'il fallait se quitter son visage se remplissait de larmes, qu'elle gardait pour elle-même, elle baissait simplement la tête et gardait le silence et moi je ne trouvais aucune réponse à lui donner parce que je ressentais la même chose, et comment la tromper en lui disant que tout irait bien ?

Et maintenant dans ma nuit je reste éveillé à penser à ses quatre ans.

34

Souvent, vers la fin, j'étais le dernier. Tous les autres étaient déjà partis, même les instructeurs, sauf celui dont c'était le tour de fermer la salle, enfin boucler le hangar quoi, tirer le portail, oh ça ne le dérangeait pas, il restait accroupi à regarder son téléphone, pendant que je tapais sur mon sac de frappe, de plus en plus faible, utilisant de plus en plus tout mon poids, la nuit était déjà depuis longtemps tombée sur notre hangar, la lune déjà sortie et en général quand je me mettais à courir, déjà, et je tendais le cou pour la voir surgir, voilée et sablonneuse et terne sous les nuages de pollution, entre les lames courbes, souples des palmiers dès que je les dépassais, à chaque tour. Mon ombre tombait sur sa lumière répandue sur le sol quand je courais, comme une ancienne armure, une panoplie déposée à terre sous la lumière blanche de la lune.

Ils me laissaient finir tant que je voulais, et le lendemain la Mirific me semblait encore moins importante, encore plus petite, le lendemain mes phalanges ne pouvaient plus tenir un stylo, parfois je devais mettre un sparadrap et dans mes rendez-vous on me posait toujours une question là-dessus au moment de se présenter, de se serrer la main (et les cruels ou les imbéciles, croyant s'imposer, faisaient exprès d'appuyer un peu dessus), juste avant la carte de visite. Je disais que j'avais taillé mon rosier, je disais que je m'étais éraflé en moto, je disais que j'avais déplacé des cartons, je disais n'importe quoi et de toute façon la question était posée sans intérêt même et principalement pour celui qui la posait, c'était pour avoir un premier truc à dire comme on apprend dans les écoles de commerce et les formations de vendeurs.

Ils me laissaient finir donc et pendant que les familles rentraient cette fois pour dormir, et cela durait le temps de ma fatigue, le temps de mon souffle.

La salle éteinte, on se mettait à entendre les insectes, craquer intermittents dans les plantes, s'appeler sans doute, comme des hululements infimes et saccadés, interrompus. Les sacs, les gants, les bancs, les haltères, tout restait à sa place mais entrait dans cet empire nocturne, dominé par les voix de la nuit, la vraie voix que nous n'avions fait qu'interrompre, troubler par nos corps et nos souffrances, et même si certaines scolopendres passaient infimes et dangereuses puissances souterraines entre nous, certains lézards mutins et hâtifs nous surplombaient, défiants, farouches, mais curieux malgré tout, c'est alors que le vrai visage de la salle se révélait, et je ne l'ai vu qu'une ou deux fois, quand je suis revenu parce que j'avais oublié un gant ou une serviette, dans la cour abandonnée les soirs où par chance ils n'avaient pas verrouillé les portails.

♦

Les gens s'en vont mourir loin, sans nous parler, ceux qui parlent n'en ont pas idée, il reste juste pour répondre à nos questions une absence et rien d'autre, nos propres questions et le silence et c'est tout.

♦

Aussi quand la Mirific me rappelait pour d'insipides revues d'objectifs pendant les quelques jours passés à Paris dans l'hôtel pas miteux mais juste au-dessus, soigneusement médiocre que le mirifique comptable nous octroyait par forfait, Paris qui était une étrange retrouvaille, devenu une parenthèse d'exil, où je n'avais plus de raison d'être.

Je prenais un moment chaque fois dans ce séjour pour aller dans l'allée, au cimetière du Montparnasse, aller voir sa tombe et attendre quelques minutes, juste devant ; et puis repartir.

♦

Et que peut-on faire quand le sommeil disparaît, je veux dire quand la fatigue demeure mais ce qui nous en délivre est refusé, la mémoire intervient libérée, car il n'y a plus qu'elle de vivante et nous ramène tous les fantômes, tous les vivants, tous ceux qui patiemment attendaient de l'autre côté du repos, ceux qui occupaient nos pensées et nos veilles.

Quand je restais ainsi allongé, d'un côté puis de l'autre tandis que de minuscules araignées, minuscules fourmis traversaient mon lit comme tout ce qui se trouve chez moi, je ne peux pas dire que c'est le lendemain qui me maintenait éveillé, je veux dire que ce n'est pas comme ces gens dont le stress, le travail est tel qu'il les maintient éveillés à la moindre alerte, à la moindre faille du sommeil, comme ces moindres écorchures qui dans la jungle suppurent et ne se referment jamais à cause de l'humidité et à jamais empêchent le marcheur d'avancer, le condamnent à traîner ralentir, à traîner la jambe, et perdre la volonté et finalement le condamner, lui, à ne jamais sortir vivant. Non, ce n'est pas le lendemain ou le stress du travail, ou je ne sais quelle échéance parce que comme je l'ai dit j'avais dépassé le point où la Mirific et ses échéances et ses contrats, son argent, ses objectifs aux quatre bouts de la terre faisaient une différence quelconque pour moi.

C'est juste que le sommeil reflue, et avec lui le dernier confort d'être en soi-même, le dernier refuge de la mémoire, de ceux qu'on a aimés et qui comptent, et qui dans le sommeil vous aiment encore et viennent à vous, dans leurs habits purs de sentiments, de mots, d'habitudes qui sont ressuscitées, et d'amour pur et désintéressé puisqu'il n'existe plus vraiment, plus encore, que dans ces heures de parenthèse.

35

Au fond, près de la fenêtre, à la tête du lit, il y a l'angle formé par la nuit avec d'un côté l'écarlate barre du néon du Grand Regency, et de l'autre les lampes rouges qui délimitent les tours, pour les avions, les hélicoptères nocturnes.

Devant, plus loin, la ville scintille et palpite comme si les lumières étaient déposées sur la bordure d'un golfe, sables lumineux, orangés, que les flots les masquaient et les portaient au loin.

Les grandes tours sont criblées de fenêtres jaunes comme des grenades ouvertes aux grains de lumière, rectangulaires, et quand ma peine était trop forte j'entrais dans ma chambre sans allumer la lampe, et je regardais la ville m'offrant, dans sa splendide indifférence, ses palpitations lumineuses, amante aux respirations offertes et intouchable, portée par ses propres désirs, ses lentes cadences gardées au secret, dans le silence nocturne.

Je me tenais debout devant elle, et je la regardais sans parler, sans bouger, sans comprendre comment j'étais arrivé là.

♦

Un jour, elle devait avoir deux ou trois ans guère plus, un jour où je n'étais pas encore levé elle était venue me dévisager en silence, elle avait grimpé sur le lit pour me regarder, elle s'était couchée à côté de moi, son visage à la hauteur de mes yeux et les yeux grands ouverts, et elle était restée comme ça à me regarder dans le silence, de ses grands yeux comme une interrogation de cet instant qui allait disparaître.

♦

Au fond, près de la fenêtre, derrière la tête du lit la nuit s'allume pour moi de son dernier souvenir, dernier scintillement criblé comme le corps des astres mourants depuis longtemps sans que personne ne les regarde plus, dispersés dans la nuit, et rassemblés seulement par mon regard quand je m'avance vers eux en silence, et en silence je les laisse m'approcher eux aussi, sortir de leur solitude, de leur silence. Au bout d'un moment eux aussi viennent me regarder comme un profond souvenir, un dernier regard, un adieu.

♦

Le soir s'allume comme un grand drap d'or recouvrant l'espace entre les tours, en écharpe sur la grande corne du Regent, du Luxury, et tombant comme un voile d'un lin pur, fin, sur l'agitation qui n'a pas diminué, les voitures, les motos incessantes, les files renouvelées, les voitures qui réapparaissent comme spontanément, disparues à la limite de l'avenue, anéanties instantanément et instantanément réincarnées de l'autre côté, et les files dans les deux sens, et les piétons minuscules et patients, divers, tous différents d'allure, de démarches, de vêtements, un monde entier qui plonge à mes pieds au moment de s'engloutir dans le déclin de la lumière.

Et malgré tout, malgré le mouvement perpétuel, l'innombrable dissemblance des véhicules, des hommes, des femmes qui marchent et passent le long de l'avenue que ma tour surplombe, c'était une fin de paix et je compris que cette paix était en moi en réalité, c'était simplement l'épuisement de la détresse, sa disparition momentanée qui donnait au couchant ce ton de soulagement.

La journée avait crû avec obstination, jusqu'au dur cercle de midi, frappant son large tambour solaire, métallique brutal et sans pitié, réduisant au néant les énergies et les volontés, et tout ce que nous pouvions faire c'était attendre comme des esclaves que la colère du maître passe et s'apaise, et s'éloigne.

Cette journée-là j'avais pris le train vers l'est, vers un temple dont on m'avait parlé, et dans ce train la journée avait commencé à se dissoudre et rejoindre par fragments le néant, partie dans le passé et la mémoire et maintenant comme d'habitude je me trouve comme un hébété à me demander « comment j'en suis arrivé là », comme un mendiant qui rassemble à la fin de la journée les pièces jetées autour de lui, et à essayer de remettre de l'ordre, de me ressaisir, de me réaffirmer au milieu de cette dissolution et de la disparition annoncée du couchant, de la lumière, au moment de plonger moi aussi, avec les marcheurs, les voitures et les tours, dans la nuit.

NORD COMPO
multimédia

Composition et mise en pages
Nord Compo à Villeneuve-d'Ascq

N° d'édition : L.01ELJN000928.N001
Dépôt légal : avril 2020

Imprimé en France par CPI
en février 2020

N° d'impression : 157057